AUG    2016

# La camisa del marido

# Nélida Piñon

# La camisa del marido

Traducción del portugués de Roser Vilagrassa

El papel utilizado para la impresión de este libro ha sido fabricado a partir de madera procedente
de bosques y plantaciones gestionadas con los más altos estándares ambientales, garantizando
una explotación de los recursos sostenible con el medio ambiente y beneficiosa para las personas.
Por este motivo, Greenpeace acredita que este libro cumple los requisitos ambientales y sociales
necesarios para ser considerado un libro «amigo de los bosques». El proyecto «Libros amigos
de los bosques» promueve la conservación y el uso sostenible de los bosques,
en especial de los Bosques Primarios, los últimos bosques vírgenes del planeta.

Título original: *A camisa do marido*
Primera edición: septiembre de 2015

© Nélida Piñon, 2014
© 2015, de la presente edición en castellano para todo el mundo:
Penguin Random House Grupo Editorial, S. A. U.
Travessera de Gràcia, 47-49. 08021 Barcelona
© 2015, Roser Vilagrassa, por la traducción

© Diseño: Proyecto de Enric Satué
© Imagen de cubierta: Fernand Léger, VEGAP, Barcelona, 2015

Printed in Spain – Impreso en España

ISBN: 978-84-204-0986-3
Depósito legal: B-15963-2015

Impreso en EGEDSA, Sabadell (Barcelona)

AL 0 9 8 6 3

Penguin
Random House
Grupo Editorial

*A Machado de Assis, maestro de todos*

# Índice

La camisa del marido                      11

El tren                                   39

Dulcinea                                  51

La mujer de mi padre                      73

Para siempre                              87

La sombra de Carlos                       95

En busca de Eugenia                      113

La quimera de mamá                       135

La desdicha de la lira                   145

# La camisa del marido

Cuando regresó del cementerio, Elisa organizó las pertenencias de su difunto marido. Actuaba como si este hubiese partido de viaje sin anunciarlo y le hubiera faltado tiempo para ocuparse de sus propios bienes. Se desplazaba por el dormitorio con aparente indiferencia, como si él aún viviese y ella nada supiera de los detalles de su muerte. Y, por lo tanto, como si ignorara las circunstancias en que había sido ejecutado y no le hiciera falta compartir con sus hijos las sospechas que abrigaba sobre la identidad del verdugo. Le interesaba más fingir que el asunto no le concernía y, de este modo, no tener que tomar medidas. Y así se comportó, indiferente al sobresalto de la familia, que en ese momento comía, presente en el velatorio, antes de cerrar el féretro.

Elisa tenía convicciones. Una de ellas era que la vida no tardaría en llevarle al culpable muerto a casa, donde sería extendido sobre la mesa de la cocina, para exponerlo a su maldición y al festín familiar.

Con todo, su actitud resignada no convencía a los suyos. Muchas veces, el rostro de la matriarca expresaba lo contrario de lo que decía. Era habitual que, de pronto, después de un breve

instante de serenidad, se echara a gritar, arroján-
dose a la yugular de algún animal con un puñal
afilado para sacrificarlo sin piedad, sin que su difunto esposo pudiera hacer nada por detenerla.
Y estaría asimismo dispuesta a ejecutar a cualquiera de cuya inocencia dudara.

Tras el entierro, una vez en el dormitorio, sola por primera vez en treinta años, Elisa se
desnudó. El espejo revelaba un cuerpo envejecido. Para tal momento, escogió el camisón de la
noche de bodas, que olía a naftalina de tantos
años metido en el cajón. Y pensó qué podía hacer con las prendas íntimas del marido que este
había conservado como recuerdo de aquella noche de amor. Decidió entonces que la camisa que
él llevaba puesta el día de su muerte lo sustituiría
en el lecho. Para ello, guardó aquella prenda
manchada de sangre en una urna, y la dejó sobre
la cama, como el recuerdo más perdurable de todos. Tal reliquia demostraba un celo que él habría apreciado.

Gracias a esta decisión, vivirían otra noche, más feroz que la primera, para amarse. Y a
partir de aquel día, miraría los andrajos rasgados
por el puñal asesino como el símbolo del hombre
que no la había abandonado por voluntad propia, que había jurado permanecer a su lado hasta la muerte. Jamás habría otro hombre en su
cama.

*Esa mujer me ama con desvarío. Preferiría*
*que me amara menos. Me sentiría a salvo de sus*

*embestidas; no me deja en paz. La intensidad es asesina, no tiene mesura. Siempre supe que Elisa era feroz, una mujer a la que amo, y cuyo amor me beneficia. Pero mi amor es insuficiente. Porque ella quiere más, exige que sea solo suyo. Mi carne es suya porque la suya es mía. Todo en ella obliga al cuerpo a seguir el camino del crimen pasional.*

*En una ocasión, por pedir tregua a mi cuerpo agotado, ella protestó, sospechó que otra mujer me había saciado. Tuve que sofocar sus gritos con la almohada para que no la oyeran nuestros hijos.*

*—¿Con quién me has traicionado? Confiesa. Júrame que eres inocente.*

*A fin de calmarla, le pedí que trajera la Biblia. Estaba dispuesto a jurar sobre el libro sagrado y demostrar así mi inocencia. Y si mi temor de Dios no le bastaba, firmaría un documento según el cual renunciaría a la parte que me correspondía de nuestros bienes, en caso de que se demostrara mi traición. Ella interrumpió los sollozos. La propuesta la satisfizo. Perder mis bienes y perderla a ella a la vez era castigo suficiente.*

*—Acepto. Si se diera el caso, merecerías quedar en la miseria y depender de mi bondad. Yo prometo darte a diario un plato de sopa.*

*Sin perder un momento, ella misma redactó mi renuncia con expresiones dramáticas. Renunciar a mis bienes exigió un párrafo detallado. Y tuvo la precaución de dar validez al documento por si prevaricaba en el futuro. Firmé el documento sin leerlo, pues quería librarme de Elisa y salir del dormitorio.*

*Sin embargo, después de guardar el papel en el cajón, me amó con un ímpetu que hacía tiempo que no teníamos.*

A la muerte del marido, Elisa enmudeció durante unos días. El luto le sentaba bien. Acentuaba su ascetismo. Parecía un miembro de una orden religiosa. Canceló todas las visitas, salvo las de sus hijos, que llegaron al final de la tarde y cuyo ruido contrastaba con la paz impuesta en la casa. Ella misma sirvió los platos que solían gustarle a su marido, a condición de que evocaran a su padre en las comidas, pues al muerto debían su hartura. Y con un gesto impreciso, les mostraba que la fortuna reunida entre los dos quedaría bajo su custodia.

Durante aquellas semanas hizo diversas advertencias con escasas palabras, si bien dejando claro que su esposo, Pedro, nombre de apóstol, había sido sacrificado para salvarlos.

—Ha muerto por vosotros. En su esfuerzo por traer comida a casa, vuestro padre se creó enemigos. Nunca quiso una familia pobre.

*Sufro por ser el primogénito. Siento que cargo con el peso del mundo. Aguanto más de lo que puedo el dramatismo de mamá, que se cobra de sus hijos la sangre que gotea entre sus dedos. Es irascible y autoritaria, y no deja de repetir que la vida es injusta y el destino, amargo. Ahora teníamos la despensa abarrotada, pero papá ya no estaba entre nosotros para mojar el pan en la salsa de la carne asada, como solía gustarle. Ella aludía a la pobreza como si nuestra casa no fuera la más rica de la vecindad. Y lo hacía para que evocáramos a papá y la deuda que habíamos contraído con él.*

*—Pedro vive todavía, sin haber resucitado al tercer día. No ha muerto aún porque mi amor no le deja. Pero pronto anunciaré su muerte. Sobre todo a ti, Tiago, mi primogénito.*

*Apenas si soy capaz de descifrar lo que me dice mi madre. Aun así, he intentado reconciliarme con ella después de la muerte de mi padre. Quizá me escuchará, me acariciará, me ayudará a olvidar las veces que he deseado su muerte. Pero es esquiva. Solo se deja ver al final de la tarde, cuando llegan mis hermanos, todos a la vez, como si así lo hubiéramos acordado. Acepta nuestra presencia sin una triste muestra de cariño. Manda servir la comida, los dulces y el café. No hay ni un ápice de amor en ella, salvo para mi padre, que permanece vivo en su memoria. Al contrario: busca la brecha por donde atacar a cada uno de sus hijos. Para ella somos aves de rapiña que solo queremos dinero. Antes de haber podido abrir la boca, nos dijo que solo heredaremos a su muerte. Se comporta según la voluntad de su marido, pues ambos firmaron tal acuerdo en el infierno del paraíso en el que vivieron durante treinta años. Siempre quisieron expulsar a esos hijos que les arrebataban la soledad que les exigía el amor que sentían el uno por el otro.*

Elisa rechazaba la ayuda de la familia. Con la viudez, ganaba independencia. Contaba con el recuerdo del marido para aconsejarla. Además, a su juicio, sus hijos fallaban siempre que les encargaba una tarea. Era preferible sentarlos en torno a una mesa con el pretexto de las comidas, mientras ella se servía una sopa clara, salpicada con salvado de maíz, lo justo para no desfallecer.

Buscaba estar a solas con el fantasma de Pedro. Su silencio intimidaba a los familiares, a quienes les costaba creer que el disgusto de haber perdido a su esposo la hubiera debilitado, y le hubiese arrebatado su instinto de lucha. Quienes conocían a la madre, habiendo sido la imagen del padre, apostaban a que no tardaría en recuperar el gobierno de la casa, acaso con ánimo de venganza.

*Mamá finge creer en Dios. Asegura que es religiosa y exige que yo, su benjamín, el último en nacer, que recibió el nombre de Mateus en la pila bautismal, vaya a misa en su lugar, mientras ella se queda en casa los domingos, supuestamente rezando. Al contrario que papá, que, para lo asuntos religiosos, tenía un reclinatorio en la habitación, en el que se arrodillaba para pedir fortuna a los santos. Según su creencia, correspondía a Dios incrementar los bienes de los hombres como él. En cambio, desde que mi madre es viuda, hace la señal de la cruz varias veces al día, como si fuera una penitente entregada a Dios, dispuesta a perdonar los pecados del mundo. Ha atenuado el luto desde hace unos días. Lleva prendas blancas que papá apreciaba.*

*Se llena la taza de pan duro empapado en café y leche humeantes. Hunde la cuchara en la pasta deshecha y se come hasta la última migaja. Fue en uno de esos momentos cuando, de pronto, se llevó la mano al pecho para auscultarse el corazón y medir las pulsaciones.*

*—Quiero un corazón ávido. Para poder emprender una batalla sin tregua.*

La altura de la madre contrastaba con la de los hijos, todos ellos altos como el padre. Pero era capaz de enfrentarse a hombres y animales pese a ser pequeña. No temía a sus hijos, a los que gobernaba con simples gestos. Entonces ordenó a Tiago tomar asiento a su derecha.

*No sé ni por qué le pido al primogénito que me haga compañía. Si este hijo mío no sirve para nada. Nació cobarde. Y no puedo confiar en Mateus y Lucas. Son de corazón indulgente. No conocen las leyes de la guerra. No heredaron mi temperamento, y tampoco el de su padre, a causa del cual nos temíamos incluso entre nosotros. Con los años aprendimos que uno era un peligro para el otro. Y esta certidumbre beneficiaba la vida conyugal, mantenía la cama caliente.*

*—La lápida de vuestro padre es provisional. Ha llegado el momento de preparar un sepulcro que nos acoja a los dos y a nadie más de la familia. Cuando se trata de estos asuntos, la sangre no sirve para la eternidad.*

*He exigido a mis hijos que dispongan un túmulo espacioso, donde quepan nuestras dos histo-*

*rias, una misma que comenzó cuando nos enamo-*
*ramos. Y que quede espacio para los sentimientos*
*que experimentamos a lo largo del tiempo. Pero*
*¿tendrán suficiente sensibilidad para comprender*
*la tragedia de un amor que no termina ni después*
*de la muerte?*

Elisa tenía prisa, pero esperaba que Tiago
no se descuidara en sellar bien las juntas y las paredes de la lápida. Para que la lluvia no perjudi-
cara, con los años, el reposo del matrimonio. Si
no tenía cómo impedir la acción del tiempo sobre los restos de su marido, al menos que se res-
petaran los detalles:

—Solo son dos lápidas. Cada una lleva
los nombres de Pedro y Elisa.

Aquella noche, el ruido de la lluvia la re-
confortó. Abrió la urna y acercó a su cuerpo la
camisa ensangrentada. La tela aún conservaba el
olor activo del muerto. Cerró los ojos para que
el marido no la sorprendiera en su dolor.

*Soy el único de los hijos que no habla, que no*
*responde, que vive recogido en el vacío de la propia*
*existencia. Poco importa que mamá me quiera o no,*
*o que papá se olvidara de mí, de su hijo mediano,*
*cuyo nombre, Lucas, escogió con cierto desdén. Nun-*
*ca me llevaba a pescar. Me dejaba atrás y se iba con*
*Tiago y Mateus. Mis hermanos se sentían héroes, ca-*
*paces de traer a casa la ballena de Jonás y el cadáver*
*de papá, a quien nunca quisieron. Era un padre para*
*quien sus hijos no existían. Solo tenía ojos para mamá*
*y para las monedas que iba apilando sobre la cómoda*

*del dormitorio antes de darles un uso. Su enseñanza consistía en despertar nuestra codicia. Había que amar a la esposa y el dinero por encima de todas las cosas. Palabras que mamá aplaudía, a la vez que nos daba la espalda. Ambos excluían el mundo para poseerse, e hicieron de sus hijos unos inválidos.*

*En cuanto a mí, no sé muy bien quién soy. Vivo de las sobras de esos espíritus temerarios que maltratan la tierra. ¿Qué testimonio me deja esta familia, que me persigue siempre que intento soñar? Leí en algún libro que la inquietud del alma asegura la perpetuidad de la civilización. ¿Será cierto? La realidad es que vivo solo, mi casa es pequeña, y en ella recibo a mujeres con la orden de marcharse después de acostarnos. Apenas si soporto la vida, y mi único consuelo ahora es aguardar la muerte de mamá para librarme de esta familia. Veré qué haré entonces.*

Por la mañana, Elisa volvió a guardar la camisa en la urna, que había dejado sobre el colchón.

—Jamás te olvidaré, ni después de mi muerte. Es mi compromiso.

Pronunciada esta sentencia, retiró del armario pertenencias de la sociedad conyugal, que repartiría entre familiares y parroquianos como si de estiércol se tratara, a condición de que no le pidieran explicaciones sobre el origen de los objetos, ni le preguntaran si la caja de música que tocaba *Para Elisa* era un homenaje a su nombre. Había sido un regalo de su marido, ya de vuelta en la *fazenda\**, tras el único viaje juntos al extranjero. Después de una semana lejos de casa, decidieron interrumpirlo cuando ambos, encerrados en la habitación del hotel, se sintieron perdidos en aquel país ajeno y se confesaron que sentían una desazón tal que los exhortaba a abandonar el mal originario de aquel mundo urbano en el que estaban de paso.

Sin embargo, rebuscando en los armarios, Elisa temía descubrir que no había valido la pena vivir. Y que daba igual conservar cualquier cosa en el fondo de un cajón. De modo que regalar esos objetos no sería una muestra de generosidad, sino una manera de destilar su rabia por el mundo, de perder criterios que había mantenido mientras su marido vivía. Por fin, ahora era dueña de su destino.

*No sé si cumplir el encargo que me ha encomendado mamá sin que al menos me dé el trazado de la sepultura que he visto en su poder, porque lo hace para ponerme a prueba y averiguar si seré capaz de adivinar lo que desea. ¿Y por qué insiste en llamar a la sepultura «morada», como si el esqueleto de papá fuera a hacerle el amor? Ella solo ve defectos en todo lo que hago. Es tan difícil agradarla, o poder contar con mis hermanos, que disfrutan cuando fracaso. Mateus me mira con desdén solo porque es el pequeño. Para ellos soy un cordero a punto*

---

\* En Brasil, finca rústica de gran extensión destinada a la cría de ganado o al cultivo agrícola, con una casa de campo. *(N. de la T.)*

*de ser sacrificado en el tiempo pascual. Al final, no he tenido más remedio que pedirle indicaciones a mamá, y me las ha proporcionado como si hablara con una persona ausente:*

*—Toma las medidas adecuadas para mi corazón, que es el mismo que el de tu padre. Recuerda que no solo tenía un cuerpo grande, sino también un alma gigante.*

Entonces la voz de Elisa falló, y su cabeza ya no sostenía el peso del mundo que se le había echado encima. Estaba pálida, a punto de desvanecerse, y Tiago la arrastró hasta la silla de magistrado, de uso exclusivo del padre, de respaldo alto y brazos revestidos de un terciopelo gastado, donde descansó un momento. Minutos después, Elisa se levantó y se dirigió al dormitorio.

*No he oído bien lo que me ha dicho mamá al regresar a su habitación. Me cuesta oírla, salvo cuando sube la voz y me ofende. Cuando hace eso, emplea un tono cruel. No me lo perdona ni el día de mi cumpleaños, cuando me da el dinero:*

*—No te olvides de que me debes la vida.*

Tiago abandonó la sala para irse a su casa, no lejos de allí. Sintió fiebre en el trayecto. Abrió la puerta con la expectativa de que Marta lo estuviera esperando. No tenía otro lugar donde refugiarse.

*Soy la mujer de este hombre y me arrepiento. Lamento estar casada con él y pertenecer a su familia. Estoy esperando a que vuelva de casa de su madre. En general, nunca llega tarde, ni renuncia a regresar a este nido destruido, como yo preferiría. No bebe, no fuma y solo me es infiel con putas. Es rápido en esas visitas. Por mí podría quedarse en el burdel para siempre. Pero ¿quién iba a ocupar su lugar y mantenerme? ¿Cómo voy a renunciar a su herencia? Ya ha llegado: acaba de meter la llave en la cerradura. Ha entrado. Tengo que recibirlo sabiendo de antemano que es un hombre derrotado, que no reacciona.*

Marta le servía la comida fría para expresar su descontento. Su marido aceptaba que lo recriminara con palabras evasivas, reclamando a Tiago una reacción que no había modo de activar. Pese a todo, ella le exigía que fuera en busca de su madre en aquel mismo momento y la golpeara y vertiera veneno en su café.

*Esta mujer es igual de cruel que mamá. Van a la par. Solo que Marta ignora que mamá tiene los sentidos de un animal y jamás baja la guardia. Solo se evadía de la realidad con papá. Aun así, recuperaba la atención, censuraba a su marido, contradiciendo cualquier cosa que dijera, a riesgo de perder el único interlocutor que jamás había tenido. Y de él decía, para que los demás la oyeran:*

—*¿Cómo puedo salvarme sin él?*

Marta exigía que su suegra repartiera parte de los recursos que el matrimonio había acumulado. Los domingos insistía con la misma cantinela de todos los días y, para demostrar su insatisfacción, no iba a misa con Tiago.

—Aparte de martirizarme, esta vieja me impide ir a la iglesia los domingos. Pero ¿cómo voy a rezar, si el corazón me va a reventar de rabia? Peco por su culpa.

Su marido era indiferente a las protestas. Y, para paliar sus vulgares amonestaciones, se tapaba los oídos, incapaz de soportar el sufrimiento que madre y esposa le infligían.

—Acabaré matando a las dos —murmuró un día, recogido en la iglesia, cerca del altar.

Marta responde al mutismo de su esposo clavándole las uñas en el brazo, descontenta por estar casada con un cobarde, cuyos padres únicamente le dieron la vida para que los sirviera, sin compensarlo siquiera por el maltrato.

Tiago devoró el plato frío y se fue a la cama. Ya no contaba con su mujer para satisfacer sus instintos. Su cuerpo ya no despertaba sus deseos. Tal indiferencia se extendía al resto de mujeres, con excepción de aquellas a las que frecuentaba en el burdel del pueblo. Con ellas ponía a prueba la firmeza de su miembro, golpeándolas con el impulso de la rabia que le instilaban madre y esposa, mujeres de una misma raza maldita.

Sin embargo, dispuesto como estaba a seguir al pie de la letra los designios de su madre, se levantó de la mesa enseguida. Al llegar a la finca, el capataz lo abordó.

—Venga, patrón. Ha ocurrido una desgracia.

No perdió un instante. En el patio ya-
cían muertos su madre y un desconocido. En el
lugar del crimen vio a Mateus, a algunos empleados y a los vecinos, que habían llegado antes que él y Marta, que lo acompañaba. Obviando a los presentes, sobre todo a su hermano
pequeño —para él siempre un intruso—, ordenó al jardinero que explicara lo ocurrido, pero
tras balbucear unas palabras, este fue incapaz
de proseguir. Miró al patrón, Mateus, buscando ayuda, pues no sabía cómo desarrollar un relato lleno de entresijos.

El benjamín prefirió callar, amparándose
en un silencio deliberado, como si quisiera pasar
por alto cualquier detalle que explicara por qué
su madre yacía muerta en el patio, con un puñal
ensangrentado en la mano derecha, y, tumbado
a su lado cual amante, el vecino, antiguo enemigo del padre, exánime también, con un agujero
en el pecho, abierto por la misma arma en poder
de la progenitora.

Tiago daba órdenes al azar, tratando de
ocultar a Marta el temor que le infundía su madre, incluso muerta; incapaz de entender qué hacían juntos en el suelo del patio los dos cuerpos,
un extraño y su madre; incapaz de creer que, en
un acto de locura, esta hubiera apuñalado a
aquel hombre corpulento, para luego quitarse la
vida. Tampoco admitía la versión de que un asesino hubiese perpetrado el doble crimen, y luego
hubiese puesto el puñal ensangrentado entre los

dedos de su madre para asegurarse la propia inocencia.

Rodeados de familiares y vecinos, que no dejaban de acudir, Marta le susurró al oído:

—Llévate a tu madre dentro antes de que sea demasiado tarde. La tragedia es nuestra, no de estos desconocidos.

El drama de su madre lo había paralizado. Le impedía librarla de las miradas ajenas que se complacían de la vergüenza familiar; de vivir una escena que ella misma habría repudiado; ella, que siempre había defendido el derecho a preservar el misterio, que siempre prohibía a sus hijos entrar en su dormitorio, recinto sagrado de su amor al esposo. Por esto mismo, acaso antes incluso del último suspiro, Elisa había eliminado los indicios que habrían permitido esclarecer el crimen, impidiendo que nadie pudiera averiguar quién había matado a aquel hombre, ni inculparla a ella. ¿Acaso había tratado de apartarse del lugar del crimen arrastrándose hacia la casa? Elisa redactaba con soltura. Había desarrollado un talento para la escritura desde la infancia. Su esposo recurría a ella cuando se hallaba en apuros, y ella le ayudaba, acentuando así su dependencia. Ahora bien, si Elisa había planeado aquellas muertes, había evitado escribir la nota que habría esclarecido semejante desenlace. Aunque, bien mirado, saltaba a la vista que su madre carecía de las condiciones físicas necesarias para apuñalar varias veces seguidas a un hombre como aquel.

Subyugado por la escena, Tiago no reaccionaba pese a ser el mayor de los hermanos. Se limitó a desahogarse, preguntando:

—¿Quién ha matado a este hombre? ¿Será el mismo que ha matado a mamá? ¿Y qué hacía este desgraciado en casa?

Mateus aprovechó la inercia de Tiago. De pie junto a Marta, como si él fuera su esposo, elevó la voz para que todos vieran que asumía el papel de primogénito:

—En casa os contaré todo lo que sé. Que me sigan los de la familia. Los demás podéis retiraros.

Levantó el cuerpo de Elisa y se dirigió al comedor. Depositó el cuerpo sobre la mesa donde solían comer, tras apartar a una esquina el frutero.

Tiago siguió a su hermano, si bien resentido con aquel gesto que lo anulaba. No obstante, ni siquiera su enfado, evidente para todos, refrenó las iniciativas del pequeño, decidido como estaba a robarle el plato de lentejas.

Pese a que era un momento propicio para el llanto, Mateus contuvo la emoción, que amenazaba con aflorar:

—Dejad las lamentaciones para luego.

Haciendo caso omiso de esta orden, Tiago se aproximó al cuerpo de Elisa. Pero Marta, que lo vigilaba, lo expulsó de la mesa. Vencido por su propia esposa, se dirigió a su hermano pequeño:

—Cuéntanos ahora mismo lo que ha pasado.

—¿Han asesinado a mi suegra, o ha sido una muerte natural? —lo interrumpió Marta.

*Tengo a mi propia mujer en contra, y a favor de mi hermano pequeño. Hasta parece que esté declarando que son amantes y que soy un hombre traicionado. Es como si se hubieran puesto de acuerdo para declararme la guerra. Pero Mateus no tiene prisa, porque tiene el cadáver de mamá como prenda. Está convencido de que no soy lo bastante hombre para reclamar el cuerpo de la muerta. Guarda silencio para desmoralizarme, y lo aprovecha para perfilar la historia que pretende contarnos. Es un interesado, dispuesto a hacerse con los bienes de la familia. Y ahora se ha puesto a arreglar el camisón de mamá —algo que ni Marta ni yo hemos hecho— para convencer a los demás de que vela por su pudor. Con esto quiere dar a entender que conoce el corazón de mamá, que ella le hacía confidencias, que hasta es posible que le confesara que papá defendía la honra de su esposa a pesar, incluso, de sus devaneos amorosos.*

*Y es que Mateus siempre se metía donde no le llamaban; para él, todo era motivo de mofa. Buscaba la manera de forzar la reacción de los hermanos y, así, tener una excusa para reclamar a mamá, y luego no me servía de nada defenderme, porque mamá desconfiaba de todos. Al final nos castigaba a los tres.*

—*Haced como papá y yo, que no os causamos problemas.*

*Entonces, con la mirada fija en mí, mamá me infundía una valentía que a mí me faltaba. Ella sabía que yo no nací para ser un guerrero diestro con las armas, capaz de responder a un ataque enemigo, a diferencia de mi hermano pequeño, que podía golpear a cualquiera, como ahora, que se preparaba para hablar.*

*Desconfié de antemano de lo que nos pretendía contar. Empezó mencionando la tragedia griega, como si fuera un lector ávido, para luego confesar que ese día, al anochecer, sintió que lo embargaba cierta inquietud, que lo llevó a dormir a casa de mamá. Al llegar, le extrañó que los dos empleados que habían contratado después del asesinato de papá estuvieran tumbados sobre la hierba. Nos contó que fue a instalarse en la habitación reservada a los hijos, y que estuvo atento a cualquier ruido. Al decir esto, puso cara de compungido, inclinando la cabeza, dispuesto a conmover a los presentes. Era un oportunista que aprovechaba hasta la muerte de su madre, dando a entender su temor a que el asesino de su padre hubiera regresado a casa para ajustar cuentas pendientes. Entonces hizo un gesto para exigir una mayor atención. ¿Qué pensaba decir?*

—Me resulta penoso hacer estas confidencias. Sufro al compartir con vosotros lo que he presenciado. Sea como sea, lo que ahora os contaré ya no tiene importancia. Más adelante siempre podremos consultar el diario de mamá. Volvamos a los acontecimientos. La angustia de defender a mamá en caso de urgencia no me dejaba dormir. Hasta que un ruido me puso alerta. Sin calcular las consecuencias, pensando solamente en salvar a mamá, salté por la ventana y, obviando la presencia de los empleados, me escondí tras el tronco del mango. Ahora reconozco que, aunque iba armado, tendría que haber despertado a los hombres para que me ayudaran. Pero decidí arriesgar mi vida para proteger a mamá.

Tiago aprovechó una brecha en el relato para recriminarle:

—¿Cómo te atreviste a poner en riesgo la vida de mamá?

Marta los miraba, previendo un desenlace violento después del grito de su esposo, que el hermano, en cambio, había desdeñado. Se preguntó de quién habría aprendido Mateus el arte de humillar a Tiago en beneficio propio. Pero se apiadó de su marido, castigado por aquel benjamín dispuesto a ponerse al frente de la familia. Percibiendo la derrota inminente, Tiago se resentía con la ascendencia del hermano menor sobre los presentes. Tal vez temía que su mujer, a la que en algún momento de desesperación había llamado fulana, fuera capaz de huir con su hermano pequeño si este se lo proponía.

Marta medía el grado de sufrimiento de su marido, no por haber perdido a su madre, pues poco le importaba, sino por la inminencia de vender su primogenitura por un simple plato de lentejas.

—Cuando vi a aquel hombre arrastrándose en silencio, puse la mano sobre la culata del revólver, preparándome para disparar. Pero antes quería averiguar si mis conjeturas iban bien encaminadas. Así que, como os he contado, me escondí detrás del mango.

—Pero ¿a qué árbol te refieres? Hay varios mangos —dijo Tiago, pugnando por empañar la narración de su hermano.

Le faltó decir que aquellos árboles desafiaban el tiempo. Uno de ellos, por ejemplo, el que había plantado el abuelo, servía a su padre como pretexto para decir que todos morirían salvo el árbol, que contenía en sí la historia de la familia. Así, pues, con especial placer, Tiago tomó nota de las lagunas narrativas de Mateus, que empobrecían el drama. Y contando con ese pequeño triunfo, se aproximó a él. Pero la mirada fría de sus ojos azules, desprovistos de dolor, lo detuvo.

—Pese a estar a unos metros de distancia —proseguía aquel—, cerca del patio, el desconocido no reparó en mi presencia, y yo mismo estaba pendiente de si llegaba alguien más. Pensé que quizás él había sido el autor del ruido que había oído momentos antes desde el cuarto. La ropa oscura del hombre se confundía en la oscuridad, pero no tuve miedo: la curiosidad me insuflaba valor. Entonces apareció otro hombre, cuyos pasos se oían al pisar la grava. Mostraba la resolución de quien se dispone a cumplir un deber. Miraba ahora el reloj de pulsera, ahora la ventana del dormitorio de mamá, a pocos pasos de allí.

Mateus siempre había sido locuaz, de tal modo que confiaba en la atracción que ejercía la trama. Al fin y al cabo, nadie era ajeno a la tragedia, que él acentuaba con tintes exagerados, a la vez que trazaba sobre un lienzo invisible la reconstrucción de una escena que solo él había presenciado.

*Yo no perdía a Mateus de vista. Era un exhibicionista, que hacía las pausas necesarias para crear el efecto deseado. Así, en vez de plañir por la muerta, el círculo familiar quedaba cautivado con su verbo, mientras él, deseoso de conmover a los presentes, sollozaba, se enjugaba los ojos con la palma de la mano, para retomar la palabra con un impulso que debía sostener, hasta el momento de explicar que el peligro residía no en el recién llegado, sino en el hombre en el lado opuesto del árbol. Y tan seguro estaba de ello que, efectivamente, este, ágil como un tigre de Bengala, puñal en mano, se abalanzó sobre el otro, al que vio gracias a la luz de la farola que hay cerca de allí.*

—La hoja del puñal brillaba a la luz de la luna. Con asombrosa presteza, sorprendió al hombre de espaldas, agarrándolo por el cuello, y lo derribó; se sentó sobre su pecho y le asestó la primera estocada, seguida de otras tantas, hasta que la víctima dejó de forcejear. El espanto que evidenciaba en su rostro el hombre inmovilizado favoreció la acción desde el principio; del pecho le manaba sangre a borbotones, que los manchaba a los dos, y luego cejó en su empeño por seguir viviendo.

Mateus contó que él no reaccionó ante aquel asesinato. No le correspondía a él detener al asesino, ni tampoco dispararle. El caso exigía cautela. Pensó que lo más prudente era aguardar al desenlace. Intuía que iba a suceder algo más. El asesino terminó el trabajo que lo había llevado hasta allí, pero ¿por qué había elegido sus tierras como escenario para aquella carnicería?, se preguntaba Mateus, deseando formar parte de un misterio acaso a punto de resolverse.

*Mi hermano pequeño ni se inmutó. No hizo nada por impedir aquel acto de asesinato. Quería formar parte de la emoción derivada del acto, a fin de poder narrar con superioridad la escena que había contemplado, sin pretender, con todo, justificar su omisión.*

—No me abalancé sobre aquel hombre para no ser yo también un asesino, o cómplice del asesinato que acababa de cometer. Pero lo apunté con el arma, revelando así mi presencia. Reaccionó desenfundando el revólver, diciendo: «Quédate donde estás, o también morirás. Quien mata a un hombre, mata a dos». Entonces me detuve. Él era mejor que yo. Porque era un asesino a sueldo. Ahora bien, ¿quién lo había contratado? Me apuntaba con un revólver, pero aún no había terminado su trabajo. Los dos mirábamos a la ventana del cuarto de mamá, pero por motivos distintos. Tenía la convicción de que el drama no había concluido todavía.

Tiago se aproximó a su hermano para que leyera en sus ojos la desconfianza.

*No me fío de su confesión. Se demora en decirnos qué pasó. Prorroga el relato para seguir siendo el centro de atención. Compite con el cadáver de mamá. Y ahora, para acentuar la intensidad del episodio, se abalanza sobre el cuerpo inerte. Con esto pretende sugerir que, a pesar del dolor que siente, la mejor parte de la historia está por llegar.*

—Entonces apareció mamá, ya vestida. Al parecer, no me vio. Fue derecha al muerto, con la convicción de que estaría allí. Luego miró al asesino, que esperaba su aprobación, y le dijo: «Ya has hecho tu trabajo. Ahora dame el puñal. Es mío. Con él he arrebatado la vida a este miserable que mató a mi marido a sangre fría».

Meses antes, el día que le llevaron a su esposo muerto y le arrancó con las manos trémulas la camisa manchada de sangre, tuvo la certeza de que aquel miserable le había tendido una emboscada. Hacía mucho que se odiaban. Tenían graves asuntos pendientes. Y el más grave era que lo habían acusado de acostarse con la mujer de aquel hombre, sin dejar cabida a la posibilidad de desmentir una infamia que lo ofendía a él y, sobre todo, a ella. ¿Cómo iba a traicionarla su esposo, cuando se entregaba a él por completo, cuando jamás le había negado aquello que su cuerpo exigía?

Un día, aquel vecino obligó a su esposa a confesar el delito. Al ampararse esta en un agónico silencio, le apretó la cabeza contra su pecho y la abatió de un tiro. El crimen quedó impune, pues se justificó como una defensa del honor. El caso cayó en el olvido. Pero años después, aquel hombre atrajo al marido de Elisa a la iglesia bajo un pretexto que ella nunca llegó a conocer. Era un lunes por la tarde, ya había anochecido. Cuando lo acuchilló no había un alma cerca... A excepción de un viejo que, tras presenciar el asesinato a sangre fría, acudió a ella para contárselo. Nadie supo nunca nada de esa visita.

*Mi mujer me traiciona con palabras y gestos. Ahora se acerca. Quizá crea que debo recuperar mis derechos de primogenitura. Quizá considere, como yo mismo, que Mateus se excede al atribuir a mamá la responsabilidad del crimen. Y que es mejor no confiar en él. Es evidente que mamá no tenía fuerza suficiente para matar al enemigo. En cambio, sí la imagino capaz de coger el puñal manchado con la sangre del asesino de su esposo y alzarlo en actitud vencedora. Con esto no presumo que gritara «aleluya» ante el cadáver del enemigo, sino más bien que, en caso de hacerlo, se arrodillara ante el asesino para expresar su desprecio y alivio. No obstante, según Mateus, lo que mamá dijo, y que apenas se oyó, fue-*

ron palabras de desahogo dirigidas a Dios, con quien parecía hablar:

—*He vencido a demonios y asesinos. Ahora me queda vencerme a mí misma. Mi marido ha sido vengado. Ya no me queda nada que hacer. Ahora ya podéis enterrarme junto a mi hombre, y añadir a su lápida mi nombre y lo siguiente: «La que tanto amó en vida».*

Y sin que nadie pudiera impedirlo, Elisa se tragó una cápsula que sacó del bolsillo de la falda. Un veneno que tuvo un efecto inmediato y la hizo desplomarse en el suelo entre estertores, con el rostro desencajado y los ojos sobresalidos, como si fueran a salirse de las órbitas.

—Pero ¿qué has hecho, mamá?

Mateus la sacudió y le metió la mano en la garganta para provocarle el vómito. De su boca no salió más que una gargantada de espuma amarilla, seguida de un suspiro que apenas se oyó. Y luego dejó de moverse.

*Cuando llegué con Marta, mamá ya estaba muerta. Los únicos testigos de lo ocurrido fueron mi hermano pequeño y los empleados. Al asesino, no lo vi. Desapareció después de que mamá sucumbiera, entregada únicamente a Mateus, que ha sido un vampiro desde que nació. Él le chupó la sangre a mamá y el esperma a papá. Y ahora, proclamándose el amo del cadáver de la mujer que nos trajo al mundo, se creaba la ilusión de que ella se había desvivido por él en nombre del amor. Pero nada de cuanto decía era verdad. Mamá nunca nos quiso. La prueba está en que no pensó en sus hijos cuando se vengó de su marido, contratando a un esbirro de fuera de la comarca para que desapareciera una vez cometido el crimen, sin dejar rastros ni pruebas del acuerdo que habían contraído. Una vez designado el hombre que mataría al asesino de su esposo en su nombre, le robó el puñal y lo alzó bien alto para que nadie dudara que ella misma había matado al asesino. Y lo hizo con un valor que a mí me falta, incapaz como soy de vengarme de quien me hace infeliz.*

—No sé qué más contaros. Salvo que conviene encubrir una historia que solo mamá podría contar. Así, seguiremos ignorando lo que desconocemos.

Dicho esto, Mateus se tomó de un solo trago el café de la taza. Lo hizo una vez hubo convencido a todos de que había vencido la batalla por defender el honor de su madre.

Y de que, pese a ser el último de la prole en nacer, se había convertido en el heredero de ambos progenitores, en el único capaz de administrar los bienes de la familia y responder por el destino de sus hermanos. ¿Quién sino él?

*Tiago y Lucas me observan. Me envidian. Pero no tardarán en pedirme clemencia, en pedirme que no les prive del pan de cada día. No flaquearé. Cederé lo imprescindible. Tiago se aproxima. Tal vez venga a despedirse. Pero no: se detiene, y grita tanto que sofoca mi voz. No me permite concluir el relato.*

Tiago se inclinó sobre el cuerpo de la madre para responsabilizarla de una desgracia que afectaría para siempre a su existencia.

—Enterremos cuanto antes a esta desdichada que solamente amó a papá —dijo con una voz tomada que resonó en toda la sala.

Miró a su alrededor, como si se despidiera de los presentes. Les dio la espalda y fue a refugiarse al dormitorio de su madre. Abrió la urna que permanecía sobre la cama, sacó la camisa ensangrentada de su padre y gritó a los que se agrupaban al otro lado de la puerta:

—¿Me oís bien? La camisa de papá es mía. Con ella reivindico mi primogenitura.

*Tiago fue corriendo a la habitación de mamá, sin darme tiempo a impedir que se apoderara de las pertenencias que allí guardaba como reliquias. Llamé a la puerta exigiendo mis derechos, pero no respondió. Empujé la puerta, pero había echado el cerrojo.*

—Tiago, no hace falta que nos matemos por la herencia.

Encerrado en la habitación, el primogénito difundía su mensaje:

—De hoy en adelante, este cuarto es el mío. Nadie entrará en él sin mi permiso. Las llaves de esta casa son mías, y así será con todas las pertenencias.

El benjamín retrocedió sin abandonar el pasillo. Sus dedos se crisparon como garras, preparándose para un combate sin final previsible. No habría tregua entre ellos.

—Acaba de iniciarse la batalla entre Caín
y Abel —sentenció Marta, al verse abandonada
por su marido, desde la sala donde yacía el cadáver de Elisa.

# El tren

A mi padre le gustaban los trenes. Nació en un pueblecillo del sur de Minas Gerais y, ya de pequeño, le gustaba contemplar cómo los trenes surcaban el paisaje en dirección a São Lourenço sin detenerse en la estación de su localidad, largo tiempo abandonada. Corriendo detrás del último vagón que serpenteaba sobre los raíles y desaparecía en la curva, tras la montaña, movía la mano como si se despidiera de la suerte que los abandonaba, cuando menos aquel día. Hasta la tarde siguiente, mientras aguardaba, esperanzado, a que el paisaje del tren volviera a dejarle el recuerdo de cierta imagen huidiza y de la humareda impregnada de carbón.

Mi padre exigía la presencia de sus hijos en la mesa. Solo dispensaba a su mujer, que se apresuraba a servirlos a todos porque su marido no soportaba que la comida se enfriara. Alguna que otra vez, entre bocado y bocado, insinuaba en un tono nostálgico que, por haber renunciado a las luces de la gran ciudad, su corazón albergaba una suerte de recuerdo creado a partir de fotografías de Río de Janeiro y de las historias que había oído de ultramar.

—Yo soy un hombre de campo, hijos míos. Qué triste suerte la mía...

Y lo era, porque jamás se atrevió a emprender el camino, dejar atrás aquel rincón del mundo y cambiar lo poco que tenía por la miseria urbana. Además, con su mujer y sus hijos, cuanto tenía lo arraigaba a la tierra.

Su sino, aparte de morir en casa, era amar la fantasía más que la realidad. Raro era el día en que no se entretenía concibiendo ensueños, siempre con la ayuda de mi madre, que perdonaba sus excesos con una sonrisa. Si bien, por un lado, mi padre nos negó la abundancia, por otro nos dio el humor, que irradiaba generosamente de las paredes de casa. Y gracias a este, nunca llegó a abandonar el hogar para aventurarse haciendo autostop, subido en camiones, en busca de lugares de los que no se regresa. Por ello mi madre aceptaba que permaneciera atado al hogar, al servicio de la imaginación, sustancia tan nutritiva, y ella, amén de ocuparse de los quehaceres cotidianos, se empeñaba en hacernos felices a todos.

Mi padre defendía el tren como el único medio de transporte capaz de arrancar a la familia de aquel pueblucho e introducirla en el mundo del sombrero de copa y el bastón, como en las películas de Charles Chaplin. De hecho, alcanzó la madurez soñando con la locomotora, cuya fuerza de tracción vencía montañas y despeñaderos, impulsando su vorágine onírica.

En el pueblo solo había un cine. Y mi padre se compadecía de sus hijos por ello, pues, al igual que él, poco sabían del mundo. Con el agravante de que el ferrocarril había sido expulsado del paisaje local en nombre del progreso que representaban las autopistas. Mi padre lloró cuando el tren, en su último viaje, se detuvo en la vieja estación por motivos desconocidos, sin que hubiera dado tiempo siquiera a convocar al vendedor de pasteles. Tampoco habría servido de nada, pues la locomotora tardó menos de dos minutos en reemprender su camino, indiferente a quienes se despedían de aquella entidad agitando el pañuelo, aspirando por última vez el olor a carbón que traía la humareda. Conscientes de que aquellos vagones jamás regresarían, ni bajo el pretexto de refrescarles la memoria.

Cierto domingo, tras consultar su cuaderno y sin dar explicaciones, mi padre ordenó que toda la familia lo acompañáramos. Intuyendo la larga ausencia de casa, mi madre preparó una cesta con huevos cocidos, bocadillos de filete empanado, guayaba con queso de Minas, bananas y botellas de zumo de grosella. Aquel domingo, su marido daría rienda suelta a la imaginación y desafiaría las leyes de la gravedad. Ella parecía conocer bien los impulsos fogosos de su compañero, tal vez por haberse beneficiado de su exuberancia en la intimidad.

Salimos temprano hacia la vieja estación, en busca de los vestigios del tren. A pesar del difícil acceso, seguimos la estrecha línea de las vías, cubiertas ahora de maleza, hasta el lugar justo antes de la curva. Allí, en el borde, descubrimos un vagón sin puerta y con las ventanillas rotas. Abandonado como un irónico recuerdo, parecía alojar a un fantasma que echara de menos la presencia humana.

Ni siquiera mi padre, que solía deambular por la aldea, había visto nunca aquel vagón, que acaso alguien había arrastrado hasta el lugar solo para que danzara a su alrededor pletórico de alegría. También nosotros, pese a aplaudir a mi padre, responsable de aquel territorio mágico, esperábamos que aplacara en algún momento nuestro desconcierto. Pero asumió la función de timonel y nos pidió que subiéramos y tomáramos asiento en el vagón:

—El viaje va a comenzar.

No obstante, no éramos los primeros que visitaban aquel esqueleto en aquella época. Quienquiera que hubiese estado allí antes que nosotros había limpiado la suciedad acumulada en el interior, en un intento de disimular el abandono. En la entrada, junto a la puerta arrancada, un letrero decía: «Maria Cebola».

Ante la inminente partida, nos acomodamos en los bancos, colocándose mi madre entre los hijos menores. Mi padre señalaba al horizonte:

—Partiremos de Brasil, rumbo a Venecia.

Y mientras consultaba el papel donde había trazado unas líneas a modo de mapa, repetía los nombres de otras ciudades extranjeras que había incluido en el itinerario, todas ellas surgidas de su fantasía. Para mi sorpresa, pues siempre había estudiado geografía con afán, con la esperanza de viajar por el mundo algún día, aparte de la célebre ciudad italiana atravesada por canales, mencionada ya por mi padre, algunos nombres no eran europeos. Así, había nombrado Cuzco, pese a hallarse en Perú, obviando sin pudor el hecho de que estábamos al nivel del mar, y en el Adriático. También me di cuenta de que poco le importaba que los pedazos del mundo que había pegado sobre el papel conformaran una combinación grotesca, siempre y cuando armonizaran con los trastornos de la imaginación.

El tren de mi padre inició su hipotética salida. La máquina en movimiento era ruidosa y, según él, nos ensuciaba de hollín. El fogonero, bautizado con el nombre de João, provenía de una familia que ejercía el oficio desde hacía mucho tiempo, desde que las primeras locomotoras habían llegado a Brasil. Y como si leyera anuncios en el paisaje, mi padre se complacía en añadir detalles a la fuente principal de la narración. Hasta que Pedro, el más osado de sus hijos, le contestó. Con su voz desafinada, afirmó que no era posible que, en la época en que Pedro II llevó a Brasil el ferrocarril, símbolo de la modernización, contratara a la familia del fogonero, pues solo había arrieros, y sus mulas con sus cargas preciosas eran lo único que civilizaba la sierra de la Mantiqueira.

Mi padre lo censuró. ¿Cómo osaba introducir en su relato indeseadas dosis de realismo? Si seguía insistiendo, lo castigaría privándolo de la magia de conocer mundo sin gastar más que el dinero de la comida que mi madre había llevado.

Para compensar la falta de delicadeza de mi hermano, me propuse hacer preguntas de su agrado. Como cuál sería la última parada, y a qué hora llegaríamos a París. Mi padre sonreía a su hija, y le respondía lo primero que le venía a la cabeza, sin un juicio concluyente. No le interesaba introducir lógica ni congruencia en lo que contaba. Solo quería maravillar a su familia. Así, cuantos más detalles añadiera al paisaje —ahora italiano, ahora francés—, más convencido estaría de sus aciertos. Y es que la idea de transportarnos a aquellos lugares remotos coincidía con la idea de futuro que pretendía regalarnos.

Era habitual que, en medio de una cena, confesara su deseo de que sus hijos estuvieran preparados para reaccionar ante cualquier desconocido. Que fueran capaces de decirle quién era Domingos da Guia, Santos Dumont o incluso Cortés, que quemó las naves españolas ante la costa mexicana para que ningún compañero pudiera regresar al Viejo Continente. Ante tal disposición, era natural que el viaje en tren, iniciado hacía dos horas, nos llevara a un punto del hemisferio desde donde exploraríamos la cumbre del Himalaya tan pronto llegáramos. Y cuanto más hablaba mi padre, más se acentuaba en su rostro el placer de perpetuar en sus hijos el legado de aquel relato después de su muerte.

Lo miré, esforzándome en romper la cadena que nos sometía a aquel hechizo. No quería ser víctima de la volubilidad verbal de aquel hombre al que amaba. Solo quería conservar en la retina su espíritu, entre negligente y altanero, que resplandecía, radiante, en aquel raro momento de su vida y de su alianza conyugal con mi madre, que se rindió a los sueños de su esposo para verlo triunfar junto a su familia. A fin de mantener la concordia, ella no vacilaba en aceptar que el tren se convirtiera en el vehículo de la felicidad. ¿Cómo no iba a agradecer un ensueño como aquel, que los hermanaba y los trasladaba a Venecia para conocer el puente de los Suspiros, el lugar idóneo para dar muerte a inocentes a manos de los esbirros?

Mi padre aguzó la atención en el instante en que iniciamos la segunda parte del trayecto, próximos a Praga, ciudad hermosa y desesperada. Este era tal vez el tramo más peligroso, pues cruzaríamos una zona de conflicto internacional. Había llegado a su conocimiento que en aquel recorrido había granadas enterradas que podían estallar. Un simple pedrusco que se deslizara por una pendiente podía causar graves daños, o desequilibrar la paz mundial. Ahora bien, si, en efecto, el peligro se había recrudecido, en contrapartida, gracias al miedo, que refuerza los sentimientos, creceríamos como individuos.

Mi padre se agotaba al mando de los botones de la locomotora, arrastrando la sucesión de vagones, mientras sus hijos, con migajas de los bocadillos en la comisura de los labios, lo escuchaban describir el paisaje carnívoro de arbustos feroces que ahora atravesábamos. Estábamos acostumbrados a su habilidad narrativa, a su modo de fertilizar historias propias con una imaginación nutrida, en ocasiones, de fuentes extranjeras, como ahora, que divisábamos la famosa Bagdad desde las ventanillas del tren. Aunque cada palabra suya, en su prolongación, demorara el regreso a un Brasil medroso y desleal, centro nervioso de nuestras angustias.

Mi hermano Pedro discrepó de las especulaciones familiares. Pretendía mantener intacta su rebeldía en el ansia de deshacer su vínculo con la realidad distorsionada de nuestro progenitor. Así, de pronto, mirando a mi madre, proclamó que pasaba por un momento de crisis con Dios y que había aprovechado aquel viaje en tren para confesarlo, porque se había dado cuenta de que la visita a Oriente Medio le causaba cierto dolor en el corazón. Hacía mucho que pensaba que era inoportuno enaltecer aquellas religiones que elegían a un solo dios como panacea para todo. Mejor hacer como los griegos, que tenían numerosos dioses en reserva, por si alguno les fallaba. Y, aunque él no daba preferencia a ninguna religión, hacía tiempo que Cristo lo había cautivado en el Gólgota.

Mi hermano amenazaba con sostener su despropósito verbal, en visible competición con mi padre, cuando mi madre lo detuvo, en un gesto de exasperada defensa de su esposo. Que su hijo no osara, cual Edipo cualquiera, interrumpir la secuencia narrativa del cabeza de familia, que en aquel momento les estaba hablando de las murallas circulares de Bagdad, delimitada por el Tigris y el Éufrates, donde el bazar solo se acallaba cuando los minaretes convocaban al rezo.

Mi padre aceptó el fervor amoroso de la mujer con quien compartía cama e imaginación, orgulloso de una familia a la que había educado con modestia, ayudándose de la fantasía. Sobre todo porque ¿qué más iba a dejarles en herencia sino la capacidad de disponer de un pensamiento frágil e inestable con el que desentrañar las oscilaciones del mundo?

Tras el murmullo de las frases que los llevaban a visitar varias ciudades, y ante la perspectiva de las próximas, mi madre volvió a abrir la cesta que guardaba en el hato. Convencida de que sus manjares desataban la locuacidad de sus hijos, sustentaba cuanto su padre les contaba, predisponiéndonos a las mentiras contenidas en las palabras.

Consternada, pensé que la familia era un tumulto en el corazón. Y, queriendo poner a prueba mi confianza en los inventos de mi padre, avancé por el pasillo del vagón, apoyándome en los bancos de madera. La velocidad que João, el maquinista fantasma de mi padre, imprimía al tren hasta el extremo de hacernos temer un descarrilamiento inminente, me despeinaba, y el pelo me tapaba la visión. Con todo, mi padre, indiferente al empeño de su hija en confirmar sus historias, decía que el universo del tren era aventurero y cosmopolita, si bien le faltaba una moral de fondo religioso. En cuanto a mí, que aún no había leído a Thomas Mann, me sentía como Hans Castorp al llegar a Davos-Dorf tras el recorrido en tren por túneles y desfiladeros.

Pobre papá: la caldera de su tren despedía una humareda que nos tragábamos con los bocadillos. Según su apetito verbal, en breve dejaríamos el mundo árabe para llegar al desierto de Gobi, camino de Pekín. Pero las gotas de lluvia, descritas al principio como gotas de plata, se convirtieron inesperadamente en un temporal de truenos amenazadores.

Mi padre calló. Sin embargo, ante el volumen de agua que entraba por las ventanas, mi hermano pequeño se puso a gritar, vaticinando la catástrofe inminente. Para confirmar sus palabras, el viento sacudía el vagón, amenazando con derribarlo. El peligro se agravaba, y mi padre no podía hacer nada Su imaginación, que no comportaba una acción práctica, flaqueaba ante las leyes de la supervivencia.

Entonces fue cuando mi madre ordenó el abandono inmediato de la nave. Y que todos tuviéramos cuidado, pues el agua ya cubría el último escalón del vagón, lo cual impedía distinguir dónde apoyar los pies. Con ella al frente, avanzamos por los senderos anegados con detritos del chaparrón. Mientras los hermanos, unidos por el cariño, nos ayudábamos los unos a los otros, mi padre venía a la zaga y, con la prisa por salir de allí, no reparó hasta llegar a casa en que había olvidado la cesta sobre el banco de madera.

Una vez en el salón, superados ya los peligros, desgreñados y sucios como íbamos, nos abrazamos. Incluso mi padre, reconfortado por la visión del hogar, recuperó el valor que le había faltado durante la tormenta, mientras sorbía un café recién hecho, sentado en el banco de la cocina. Liberado ya de los percances, se aferraba a los recuerdos que imprimiría en el corazón de la familia. Al fin y al cabo, su empeño era transmitirnos el fardo de la memoria. No soportaba la idea de que, a su muerte, sus hijos olvidaran las palabras de arrobo proporcionadas por la fantasía durante aquellos años. Pero adivinaba la erosión de los días en el recuerdo humano, lo poco que al final queda de la experiencia vivida.

Ahora que ya han pasado tantos años, no sabría decir qué persiste de él en mí. Ignoro si mis hermanos, dispersos por todo el mundo, evocan aún a mi padre. Sigo pensando en él, y ni así le devuelvo pedazos de vida. No tengo su retrato en la pared, y el rostro del único retrato que me quedó de él se ha desvanecido. Él y mi madre son imprecisos, simples desconocidos. A veces, cuando estoy sola en el despacho, contemplo la foto de un reluciente tren inglés en la inminencia de partir hacia el infierno. Y me estremezco. Me falta el lenguaje del corazón, de sus temerarios afluentes. Creo ver a mi padre en la ventana, despidiéndose de sus hijos. ¿Será el pasajero al que busco en el vagón? ¿Es acaso mi madre la mujer que está a su lado, o es una simple quimera? Le hago señas. Registro ciertos acordes. Me llega la humareda del tren. Y lloro por mis muertos.

# Dulcinea

La asturiana no se dio cuenta de que Sancho, escondido tras un almiar de heno, estaba presente en su soliloquio. Refugiada en el establo, conversaba con las vacas. El timbre de su voz, en general metálico, oscilaba de volumen, dificultando la audición. Las palabras de la mujer llegaban a medias al escudero.

Al principio, la confesión de la posadera, cuyas rabiosas proclamas le costaba interpretar a Sancho, no tenía destinatario. Hasta que identificó, mientras devoraba el pan y el tocino, que los desahogos de Maritornes acusaban al hidalgo de ser una triste figura, *de lanza en astillero, adarga antigua y rocín flaco,* cuya ridícula apariencia cualquier mujer despreciaría.

A Sancho le pareció extraño que la asturiana se quejara del caballero sin motivo aparente. Amonestación que tal vez se debiera al hecho de que el hidalgo, tan pronto entró en la posada con él, diera a la mujer, después de ver su rostro, el nombre de Dulcinea, que ella prontamente rechazó.

—Soy asturiana de nacimiento y me llamo Maritornes.

Su protesta no se tuvo en cuenta, y él insistió en llamarla Dulcinea, insolencia que ofendió tanto a la joven que prorrumpió en llanto, turbada ante la crueldad del mundo. Desamparada, sin un solo hombre que la defendiera, fue a refugiarse al fondo de la posada, entre las vacas.

En el establo, ya bajaba la voz, impidiendo a Sancho oírla bien, ya la recrudecía, acosada por crecientes dudas. Al poco rato, ponderaba si el hidalgo la había ofendido ante todos por padecer las incomodidades propias de la armadura que se le clavaba en el cuerpo huesudo. En su prolongado soliloquio, también exigía saber si el nombre con que el caballero la había designado no pertenecería al de una mujer ordinaria como ella. Y confiando su suerte a los animales, pensaba en quién sería él para empecinarse en hacer de ella quien no era.

—Al fin y al cabo, ¿quién soy yo?

Al cuestionar, furiosa, su propio origen, corría el riesgo de obtener una respuesta que le revelara que era hija bastarda de algún noble que, de paso por la aldea, quedó cautivado por su madre hasta el extremo de atraerla al granero, donde, sobre el almiar de heno, copularon en un estado de exaltación. Meses después, la madre, que jamás logró quedar encinta de su esposo, dio a luz a la niña, sin jamás confesarle a esta, ni siquiera en su lecho de muerte, que su padre no era su esposo, sino un miserable noble de alto linaje que la había seducido sin siquiera compensarla con unas pocas monedas de oro, a fin de protegerla de los infortunios del destino, por lo que, para sobrevivir, descendiente como era de la miseria, tuvo que depender de los favores ajenos.

—¿Cómo corresponder a las fantasías del caballero? ¿Será esa tal Dulcinea digna de él?

Hastiado con el monólogo desatado por aquella mujer, Sancho se abstrajo del establo, rememorando el momento en que él y su amo entraron en la posada, atrayendo la atención de vendedores ambulantes y campesinos; cómo el hidalgo, con semblante pálido, sin desprenderse de la lanza y la espada, se apoyó en una mesa arrinconada, sin poder sentarse porque la armadura le constreñía el cuerpo. Socorrido por el escudero, lo instó a que lo acompañara en una comida frugal, sin observar que la asturiana le servía en la jarra de barro un vino tinto de buena cepa, como ella misma recalcó. Fue entonces cuando el hidalgo, atraído por el timbre de voz de la joven, escrutó su rostro.

—Ayúdame, Sancho —le dijo, intentando ponerse de pie—. Es ella, Dulcinea.

Y, al inclinarse para saludarla, perdió el equilibrio y, de no ser por la ayuda del escudero, habría caído al suelo.

—Mi dama y señora... —dijo, conmovido, faltándole palabras con que tejer la armonía que emanaba de aquella joven surgida de un cuadro pintado por un ilustre artista de la corte, ajeno a las risas que suscitaba en los demás.

En su mansedumbre, las vacas seguían masticando la hierba, mientras ella, en una sucesión de aspavientos furiosos, se tocó el sexo como si indagara en lo más profundo de su cuerpo.

—Me ha ridiculizado, me ha tratado como a una mujer de estirpe. Maldito sea...

Sancho se avergonzó de la grosería de aquella mujer, que contrastaba con sus rasgos finos, mientras ahora fingía sostener en el brazo la paleta de un pintor que mezclaba con desazón las pinturas, en busca de un tono que realzara los trazos perfectos de Dulcinea, encarnada por Maritornes.

—Si soy hermosa, como afirma, ¿por qué es el único hombre que me admira? —y, pidiendo comprensión a las vacas, siempre amigas, añadió—: ¿Dónde se ha visto semejante grado de locura?

Sancho confiaba en la inocencia del hidalgo, que había dedicado a la mujer palabras graciosas con la intención de enaltecerla, de hacerle bien, de demostrar que había reconocido su procedencia noble entre la multitud. No obstante, cierta vez, en medio de la campiña, llevado por el impulso de la brisa en los aledaños de los molinos de viento, el amo había proclamado sin más que solo el género lírico era compatible con las damas de alta alcurnia. Él era así, imprevisible, como un luminoso amanecer tras la tormenta.

De repente, la asturiana se volvió introspectiva. Forzada por la soledad del soliloquio y por la media luz del establo, invadió el pasado reciente del caballero, no muy lejano de su llegada a la posada, ansiosa por hacer suyos los paisajes que él había conocido, las palabras que había pronunciado, cuanto lo constituía y lo había llevado hasta ella. Así, empeñada en recordar, desmenuzó el instante en que el hidalgo, seguido del criado cuya gordura contrastaba con la delgadez de aquel, se sentó a una mesa apartada de todos. Y examinó el momento en que, mientras vertía el vino en su jarra, lo oyó hablar sobre ella, sin entender al principio que le dedicaba elogios sin esperar favores a cambio, como arrastrarla hasta un rincón de la posada para meterse entre sus piernas tal como hacían los demás, incluso contra su voluntad. Entonces, elevando la voz, añadió:

—... obligándome a decirle que no quiero a ningún varón sobre mí.

Según algunos detalles que alcanzó a oír, Sancho quiso defender al caballero de hermosa figura moral, que jamás intentó mortificarla. Si la mujer se enteraba de su presencia en el establo, afirmaría que aquel caballero de la Mancha, al designarla mujer de sus fantasías, simplemente reconocía las vicisitudes que ella había padecido en aquel medio inhóspito. Por consiguiente, le ofreció la oportunidad de soñar, de defender lo imposible.

Los sentimientos de Maritornes oscilaban. Bien desconfiaba del caballero, bien lo enaltecía. Se preguntaba si realmente tendría el don de hacer de ella otra mujer, de salir en su defensa cuando el mundo se oponía a ella y nada le ofrecía. Pero ¿qué podría reclamar en realidad como merecidamente suyo?

El súbito silencio de Maritornes incomodó al escudero, aunque más bien se resentía por carecer de un interlocutor que respetara sus respuestas. Ansioso, pues, de dialogar también consigo mismo, accionó la memoria, que le trajo la escena de cuando ambos entraron en la posada aquella tarde don Quijote actuaba como si un castellano lo acogiera, cediéndole el castillo para reposar de la caminata, cortesía habitual entre hombres de buena voluntad y que, por lo tanto, honraba al exhausto caballero. Estimulado, así, por el espíritu onírico que brotaba de su ser, se acomodó a la mesa hasta que lo sorprendió la presencia de Dulcinea del Toboso, cuando acudió a servirle vino como una posadera.

Maritornes sufría por contar únicamente con la compañía de las vacas. Se sentía autorizada a reclamar a aquel caballero que, tan pronto entró en la posada, encorvado por el peso de la lanza, le hubiese traído la desgracia. ¿Con qué derecho, acomodado en su silla, le atribuía un nombre que no era el suyo y aseguraba que había nacido en la localidad del Toboso? Acaso el abuso del noble se debía al peso de la armadura, de la lanza, de la espada y del yelmo, que le hacían sufrir. Con todo, semejante ultraje por parte del hidalgo la corrompía con la fiebre de una ilusión que no la dejaba ser quien había sido siempre hasta la llegada de aquel hombre.

—¿Quién se ha creído que es para hacer que me avergüence de la sopa de nabos, hortalizas y tocino con la que madre saciaba el hambre de sus hijos? ¿Y por qué quiere convertirme en otra mujer, distinta de la que era cuando llegó a la posada?

Sancho volvió a interesarse por la asturiana a tiempo para oír la crítica que le dirigió a él mismo, censurando su panza, diciendo que comía haciendo ruido, con migajas cayéndole de las comisuras de los labios...

—Es un campesino como yo, rudo y sin maneras.

Su barriga redonda no lo ofendía. Pero defendía para sí el arte del caballero que recitaba en el descampado, en sintonía con un público inexistente. Sin que lo oyera, se abstenía de hacer cualquier comentario sarcástico, para concentrarse en un mundo donde todos actuaban con la expectativa de un desenlace no siempre favorable.

Debía defenderlo bajo cualquier circunstancia. Como aquellas veces en que, cuando alguien expresaba curiosidad por el oficio del hidalgo, evitaba mencionar que era un escribano de bienes considerables, para asegurar que se trataba de un simple saltimbanqui que recorría la meseta castellana, pero que no tenía relación alguna con las caravanas que vagaban sin rumbo de aldea en aldea. Gente que, desprovista de pudor, defecaba y copulaba a cielo abierto, cuya conducta desentonaba con las rígidas costumbres del caballero. En ocasiones, don Quijote, en medio de la horda maloliente de clérigos, comerciantes, aldeanos y putas que pagaban el espectáculo con chorizo, huevos, gallinas o harina de maíz, acudía a ver a los actores a los tablados, vestidos con trajes arlequinescos gastados, alternando mímica con palabras cedidas por un goliardo. Sumido en tales elucubraciones, Sancho, agachado en el suelo para no ser visto, no podía explicar a la asturiana en qué consistía ser un saltimbanqui en los tiempos que corrían. Temía que la mujer no se compadeciera de esos seres que representaban el teatro de los miserables, mientras ella insistía en ofenderlo:

—Ese gordo sabe que no soy más que una mujer ordinaria sin un céntimo.

Sancho se compadecía de las mujeres. Algo le había enseñado su esposa, viéndola trabajar, parir, alimentar a los hijos con escasas monedas. Ahora, lejos de casa, reconocía que la había maltratado, como si la función de cuidar de la humanidad careciera de valor. De este modo, se apiadó de la asturiana, que trabajaba prácticamente a cambio de un plato de comida y de un lugar donde vivir, y cuyo sexo era un receptáculo de la inmundicia humana.

Sancho estaba seguro. Maritornes sufría toda clase de privaciones. Cuando comía con prisa, por temor a que le robaran el plato de comida, se ensuciaba la cara de grasa. Tal era su hambre que los ojos se le dilataban ante la comida que le salvaba la vida. Se veía obligada a agradecérselo al amo, de quien su suerte dependía. De repente, desató una nueva ristra de palabras obscenas contra Sancho:

—Pobre desdichado, se cree importante solo porque sirve a un caballero. Están los dos amancebados por la mentira.

A continuación se puso a hablar del hidalgo. Y no fue indulgente. Recordó cómo, estando aún en la posada, había querido acusarlo de robarle la vida. No pretendía engañarlo, pero quería que supiera de antemano que rechazaba sus promesas. Podía ser una mujer iletrada, pero tenía la libertad de ser grosera como él.

Estando los tres aún en la posada en torno a la mesa, antes de refugiarse en el establo, Maritornes realzó su propia insignificancia ante la expectativa de que el escudero disuadiera al amo de prolongar su discurso laudatorio en función de su belleza. Jamás había aspirado a atarse a un profeta loco, dispuesto a convencerla de que pondría a su alcance un mundo ideado por él.

Hacía mucho que Sancho sabía que el amo reverenciaba a Feliciano, el autor para quien el universo de la ilusión era más real que irreal. A veces, cuando se hallaba ante una escena que lo inquietaba y su juicio estaba a punto de flaquear, las frases de Feliciano le proporcionaban los condimentos indispensables para seguir adelante. Lo ayudaban a dar cobijo a algún que otro misterio anidado en su mente, sobre todo cuando el hidalgo pretendía sufragar verdades y delirios que los vecinos de la aldea, los clérigos y su propia sobrina ponían en duda, teniendo en cuenta su salud debilitada.

Aunque Sancho lo servía desde hacía algún tiempo, observó que su amo no siempre se sometía al criterio de esas personas y, a veces, hasta prefería acatar las razones de su sirviente, lo que motivaba al escudero a opinar siempre que lo creía necesario. Al fin y al cabo, por él había abandonado a su familia, so pretexto de aportar al antiguo escribano cierta dosis de sensatez.

En un momento en que estuvo al lado de don Quijote en la posada, poco antes de salir hacia el establo, la asturiana ofendió al caballero por considerarla una Dulcinea renacida.

—¿Y por qué me llamáis así, señor? ¿Acaso los nombres que los hidalgos inventan para sus damas son una forma de sublimar su deseo por copular con ellas?

El hidalgo insistía en llamarla Dulcinea y contaba con la mirada benevolente del escudero para no dejar a la mujer en paz. Sancho, a su vez, sin recibir atención alguna, no tenía modo de disuadir al amo, que dependía de su propia locura para soñar.

Viendo que nadie la apoyaba, Maritornes quiso denigrar a amo y escudero a la vez:

—¿Acaso sois desertores, que han huido de casa sin siquiera despedirse?

A Sancho le dolió la acusación, ya que no había sido fácil convencer a su mujer de que partía en busca de fortuna, y no arrastrado por un sueño ajeno. Aquella no veía claro que su marido abandonara a sus hijos a cambio de la promesa de llegar a ser gobernador de la ínsula Barataria, una isla de existencia incierta, pues, aunque no era versada en geografía, conocía algunos lugares de la Mancha. Aquel, sin embargo, había surgido del cerebro trastocado del escribano.

En el momento de salir, desde el umbral, su esposa vaticinó:

—Sois iguales. Uno delgado, y el otro gordo. Uno es sensato de tanto comer patatas, y el otro, que no tiene juicio, se alimenta de la brisa.

Sancho nada sabía de simetrías, porciones iguales o almas gemelas. Pero reconocía que gozaba de la cordura que le faltaba al amo. Y, juntos, enriquecían la aventura de la Mancha.

Creyendo que estaba sola en el establo, Maritornes hizo unos gestos vagos, propios de ciertos sueños cuya naturaleza la asombraba y que no había sido capaz de interpretar a su favor. Ninguno le proporcionó placer. Al contrario, siendo estos distantes de la realidad, la defraudaron. Así, lo que un sueño pudiera significar no la llevaría a renunciar a su condición de campesina para convertirse en la Dulcinea que tanto veneraba el caballero.

—¿Me estaré convirtiendo en el modelo que el hidalgo quiere de mí?

Susurrando, su voz volvía a ser inaudible, y Sancho cavilaba qué palabras habría dicho para que su rostro reflejara tan dolorosa melancolía. ¿Acaso, tras sopesar las ventajas de convivir con el mundo de la ilusión, le parecía por fin oportuno ser la doncella forjada por la imaginación de su amo? Decidido a interrumpir el monólogo de la mujer y obtener con ello cierto protagonismo, Sancho se arrastró hasta la puerta de entrada, se puso de pie y fingió entrar en ese instante en el establo.

—Ya que estás aquí, Sancho, dime, ¿me conviene cambiar de nombre? ¿Y pasar a ser Dulcinea, como tu amo propone?

Maritornes no admitía que el origen de su disgusto no estuviera en el caballero, sino en la desdichada vida que le imponían los borrachos de la posada, hombres de uñas mugrientas; ni tampoco que estuviera en el hecho de no expresar su aprecio por el valor de don Quijote al no replicar a las risas de los campesinos, sin que su aparente apatía significara que se había rendido a las groserías de aquellos hombres. Encerrada en el establo junto a las vacas que la apaciguaban, percibía que todo en el caballero de lanza en ristre trascendía la poesía y que, a la par, le brindaba un arte tan discordante con su existencia como jamás imaginó que pudiera existir.

Le pareció apropiado que Sancho aportara al hidalgo, ahora en la posada, cierta dosis de realismo sin por ello despojarlo de lo mejor que albergaba en su corazón, su feudo manchego, aquella suerte de fantasía que le permitía ser quien quisiera. Un delirio esencial para su ser, que le aseguraba la existencia de un mundo construido a su medida.

Conmovida por el empeño del caballero en convertirla en una dama con vestidura de plata, dijo:

—Estoy tan elegante que solo me falta que don Quijote me corone.

Sancho se inquietó. ¿Cómo reaccionar? ¿Acaso debía defender al caballero, o unirse a las peticiones de aquella mujer? Al fin y al cabo, la distracción de su amo, pese a ser hombre de bien, lo llevaba a emitir ciertos juicios sin medir las consecuencias. Pero ¿convenía que Maritornes supiera que Dulcinea existía solamente en el corazón del hidalgo, y no en la mente del señor Quijano, su nombre de bautismo, siendo ambos una misma persona?

En un intento de revertir una situación delicada, Sancho le aseguró que no era la dama a la que el hidalgo aludía y, por lo tanto, no había caído en el enredo de la ilusión que el caballero difundía. Enredo que los envolvía porque era más fácil servir a la ilusión que a la realidad. Él mismo, pese a ser un modesto escudero, desde que había dejado de tomar la sopa de nabos que su mujer preparaba, se preguntaba si no estaría también empezando a presentar signos de locura.

—La locura es contagiosa. En todo caso, las putas tienen garantías. No las dejan cambiar de oficio; a diferencia de las princesas y las damas, que escasean y no andan sueltas por el mundo. Por eso, cuando las ven asomadas a los balcones de los palacios, los caballeros tejen en torno a ellas interminables sueños.

Empeñado en aliviar la tensión de la mujer, Sancho repartía los refranes que su amo esparcía.

—Él acostumbra a decir que somos lo que decidimos ser. Visto así, es saludable seguir las huellas de los sueños.

Poco antes de iniciar el viaje, el hidalgo reconoció que su amor por Dulcinea venía de lejos, pese a haberla visto apenas, de cuando vivía en el Toboso. Un amor que, según dedujo Sancho, era prohibido, por ser ella casada, un obstáculo para la impoluta reputación del caballero.

—Todo un dilema para él, pues ¿cómo iba a luchar por ella incitándola a traicionar a su esposo? Finalmente, don Quijote supo que dicha dama juró mantenerse virgen ante el altar. Un voto penoso para un servidor de la fe católica como él.

Su amo había nacido para venerar a las mujeres recatadas. De Dulcinea decía maravillas. «Luego si es de esencia que todo caballero andante haya de ser enamorado.» Y, ante el cura del pueblo, había reconocido: «Su nombre es

Dulcinea, su patria el Toboso, un lugar de la Mancha».

Algunas confesiones del hidalgo confundían a Sancho, como cuando le dijo que estaba dotado de libre albedrío, atributo que le permitía distinguir entre el bien y el mal, y hasta le proporcionaba libertad para narrar una historia a la que imprimía la versión preferida mientras se respetara «un punto de vista de la verdad» narrativa. Mediante estos acuerdos, don Quijote acogía las penas de amor, los aciertos, los desaciertos y las mentiras desconcertantes.

Por otra parte, en la pila bautismal, la dama del caballero había recibido el nombre de Aldonza Lorenzo, pero, por ser aficionado a leer libros de caballerías y estar acostumbrado a héroes como Amadís de Gaula, temió que tal nombre fuera incompatible con el arrebato amoroso. Así, al sustituir el nombre de Aldonza por el de Dulcinea, el de Quijano por Quijote, y al llamar a su alazán Rocinante, dio vida a sus sueños, ajustó el mundo de la Mancha a su medida.

El caballero amaba a las mujeres sin perderse en la vorágine de la lujuria. Le bastaba con mantenerlas en la cumbre de la montaña, sobre el nivel del mar, donde les ofrecía sus delirios, pues le era fácil participar de un enredo tejido por los torneos de caballería, deleitarse con la sucesión de disparates concentrados en ciertas páginas literarias. Como aquella, de profunda inspiración: «La razón de la sinrazón que a mi razón se hace, de tal manera mi razón enflaquece, que con razón me quejo de la vuestra fermosura».

Feliciano, autor de tamañas perfecciones verbales, en su esfuerzo por juzgar las acciones humanas, por refinar el entendimiento que él tenía de la naturaleza de los hombres, debía de tener buenos motivos para escribir de esa forma. El propio Sancho, bajo la influencia del caballero, intentaba comprender qué unía a las personas, como el amor que don Quijote profesaba a Dulcinea. Pero nunca es fácil escrutar los caminos del corazón. Lo cierto es que, si dicha dama no hubiera existido de verdad, él no habría desarrollado la habilidad de engañarse.

Gracias a la lectura, el caballero había aprendido que el amor permitía imaginar damas como Dulcinea, cuyas virtudes eran comparables a las de una princesa de la corte. Y, para forjar a fuego semejante criatura, se había basado en los héroes que lo habían precedido en esa ruta. De sus «teatros de las comedias» habían surgido las Amarilis, las Filis, las Galateas..., figuras que, sin ser de carne y hueso, tenían un halo de misterio y voluptuosidad, y enriquecían el imaginario amoroso.

—Si acepto ser Dulcinea, ¿quién ocupará mi lugar? ¿Qué ocurrirá con Maritornes?

Al asumir la identidad de Dulcinea, Maritornes confirmaba los temores de Sancho, que no sabía cómo restablecer la verdad para liberarla del peso de ser la dama del Toboso, de formar parte del mundo idealizado de don Quijote. ¿Cómo moderar sus incipientes sentimientos?

La muchacha reaccionó al desconsolado Sancho. De pronto se dio cuenta de que ya no podían arrebatarle el nombre de Dulcinea. Por lo tanto, que el escudero no osara insistir en su popósito. Tal fue su altivez que el escudero retrocedió. Carecía del ingenio del maestro, el de hacer creer a la mujer que era el rayo de luz en la noche. Y recordó lo que la sobrina había dicho al tío Quijano, una vez montados ambos en la grupa de los caballos:

—El sueño es dañino: se antepone a la realidad.

Sin embargo, aquel mismo día, al llegar horas antes a la taberna, nada cabía esperar del caballero frágil y hambriento. Con todo, sentado a la mesa, después de conocer a Maritornes, a la que llamaba Dulcinea, el hidalgo había vuelto a delirar. Fortalecido por la imagen de la mujer, no le urgía que Sancho regresara a la mesa. Ahora bien, cuando el escudero reparó en el tiempo que había pasado en el establo junto a la posadera, temió de pronto la creciente influencia de Maritornes sobre él y, presintiendo el peligro que corría, se precipitó hacia la posada, seguido por la muchacha.

Sentado en la misma silla, el caballero actuaba como si algo grave le hubiera ocurrido, acaso un mal de corazón, cuya causa Sancho no reconocía, como si «con estas razones perdiera el pobre caballero el juicio». Pero ¿iban a darlo por loco solo por creer en las historias que había leído?

Preguntó a su amo qué necesitaba, y el hidalgo le respondió:

—Ninguna lectura es dañina. Ninguna lectura es dañina. Ninguna lectura es dañina.

El ruido de la taberna lo desconcertaba. Actuaba como un sonámbulo al que le faltara discernimiento para ahuyentar de la memoria los pasajes de los libros de caballería que contenían el veneno del conocimiento. La figura de Feliciano, célebre autor de Castilla, cuyo método consistía en enaltecer la incoherencia, lo seguía asombrando. Lo consideraba un genio, sobre todo porque no entendía lo que escribía. Con «afición y gusto», don Quijote repetía sus sentencias: «Los altos cielos que de vuestra divinidad divinamente con las estrellas os fortifican, y os hacen merecedora del merecimiento que merece la vuestra grandeza».

Al oír el recitado, el escudero poco entendió de aquel teorema con forma de palabras. De cómo era posible acatar a un narrador que, obedeciendo a su espíritu aventurero, le aconsejaba aceptar sus artimañas. Pero para el hidalgo, Feliciano era un emisario encargado de transmitir el mensaje que el rey le había confiado, reservándose el derecho a desfigurarlo.

Bajo la mirada de admiración de Maritornes, el hidalgo enfatizó:

—No dudes de las historias que no cesan de narrar. Son las mejores.

No obstante, pese a que el caballero señaló la idea de ridículo que gravitaba en torno al ser humano, Sancho recordó que, en el pasado, como Quijano todavía, había obedecido al decoro que imponía la Iglesia y la administración pública. Y que solo en la inminencia de convertirse en don Quijote censuraba a quienes aceptaban ser personajes tallados por la sensatez y la moral canónica.

Aceptó más vino y vació la jarra. Con la mirada fija en la asturiana, como si la amara, pidió a Sancho que transmitiera a Dulcinea, tan próxima, que un personaje no es una persona, sino un conjunto de seres hilvanados entre sí que al mirarse al espejo aparentan ser uno solo.

Como consecuencia de este pensamiento, el hidalgo se acordó del vecino que lo había ofendido al afirmar que ni el mismo Aristóteles habría sido capaz de desentrañar la trama de Feliciano, aun habiendo venido al mundo con tal propósito.

Maritornes sostuvo la mano del hidalgo entre las suyas. Intentó acariciarla. Le había prometido no abandonarlo jamás. Y es que las advertencias de Sancho para que renunciara a ser Dulcinea no habían surtido efecto. Atenta a la tristeza del caballero, Dulcinea se ofreció a curarlo, a cambio de que todas las noches renovara el ansia por la belleza que la había asaltado. Puesto que él tenía el don de la poesía, que siguiera esgrimiendo las palabras que encarnaban por sí mismas la belleza a la que ella aspiraba. Solo así dejaría de ser una posadera, para convertirse en una castellana con dominio de las reglas que emulan el sueño y expulsan las deformidades de la tierra. Además, notó que el amor del hidalgo por Dulcinea, vago y melifluo, la abarcaba a ella y a todas las mujeres. Sentimiento que, por no destinarse a una criatura palpable, carecía de huesos y médula. Una fantasía desprovista de cuerpo.

Aprovechando la distracción del hidalgo, susurró a Sancho:

—El amor del caballero es solitario, pero me conviene. No busca llevarse a la doncella a la cama. Solo percibe la sombra de quien ama.

Se propuso disfrutar bajo el cielo abierto de la Mancha en compañía del caballero, para poner a prueba la fuerza que emanaba de aquella reciente ilusión. A su lado, olvidaría los maltratos sufridos en medio de las escaramuzas y viviría el apogeo de la belleza, de la poesía, de la ilusión. Quería enamorarse de lo nuevo, decisión de una magnitud tal que la hermanaría al caballero y le revelaría los adentros de una verdad que, según él, existía como una forma posible de soñar.

El escudero temió las consecuencias de semejante decisión. ¿Acaso le convenía esa suerte de ilusión, que haría de aquella mujer una princesa entregada a la tutela del hidalgo? ¿No estarían ambos, mujer e hidalgo, destinados al malogro? ¿Acaso era ya tarde para infundir a la pareja un realismo que primero dolía y luego mataba? ¿Qué hacer para que ambos renunciaran a un viaje condenado al fracaso?

Sin embargo, aferrada a la ilusoria verdad que el hidalgo le susurraba al oído, Maritornes escogió la ilusión en detrimento de la realidad. Ser libre en la pobreza era mejor que ser esclava de la lógica de la riqueza. A partir de aquel instante, que nadie le arrebatara la fantasía. Sería una mujer constantemente inventada por el caballero, que le concedería el sentimiento de la inmortalidad.

—Sigamos, maestro. Emprendamos el camino antes de que oscurezca. Sé por dónde conduciros.

Desapareció un momento, para regresar con un fardo que contenía sus pertenencias. Cargaba con la miseria, pero tenía esperanza. Los dos hombres, con la mujer a la zaga, cruzaron la puerta. La luz de fuera contrastaba con el interior de la taberna. El posadero no detuvo a Maritornes.

—El sol no tardará en ponerse —dijo don Quijote, ya montado sobre Rocinante, mientras Sancho cedía su borrico a Maritornes, a quien empezó a llamar Dulcinea. Y, bajo la orden del amo, iniciaron la marcha. Y aunque la mujer apenas los conocía, se entregó a su suerte. Nada podría ser peor que lo vivido hasta entonces, con el añadido de que el hidalgo la llamaba Dulcinea del Toboso con una delicadeza desconocida para ella hasta entonces.

Sancho no sufría con las adversidades. Intuía que estaban llegando al final de la historia. Aunque había perdido para siempre el título de gobernador de la ínsula Barataria, su alma había crecido.

—¿Queréis pan? —dijo Maritornes, sacando del fardo una hogaza de harina de maíz.

# La mujer de mi padre

Soy víctima de mis propias ilusiones. No me atrevo a salir al mundo para realizarlas. Allá donde voy —en general, alrededor de la finca o al bar del pueblo vecino— llevo el nombre del destierro, que se llama Ana, la mujer de mi padre. Y mi padre es el causante de esto, con el azote en la mano.

Mi padre era una fortaleza. Disfrutaba castigando a quien fuera. Su fuerza procedía de no sucumbir ante la adversidad. Le gustaba contar historias en las que él era, en cierto modo, el héroe y protagonista. Nadie podía disputarle el liderazgo. Solo el abuelo, que le daba palizas de niño. Disfrazaba con falsa gentileza (pues nunca la tuvo) sus aventuras escabrosas, ya que era grosero cuando se refería al sexo, si bien siempre estaba dispuesto a envolverse con el manto de la mentira a fin de demostrar que su miembro era más grande que el de cualquiera y que no había modo de reaccionar a su avidez.

Habría ido a la cárcel en varias ocasiones de no ser porque el comisario era amigo suyo y le temía. Éramos los dueños de la mitad de las tierras que conformaban el municipio. La mitad había pertenecido a la familia del abuelo, y el res-

to de parcelas se habían incorporado con víncu-
los matrimoniales.

—De esta manera, acabaremos siendo los
dueños de Brasil —decía el abuelo ante los
aplausos de una familia que no me quería cerca,
como si no fuera posible que ellos hubieran gene-
rado ese cuerpo que se arrastraba, avergonzado,
por las paredes de la casa, como una sombra.

Pero ¿tan feo era yo que no podían que-
rerme? Aún hoy ignoro si las verdades que proclamaban sobre mí provenían de la invención o
del odio que mi padre me tenía por no haber
muerto en lugar de su primogénito, heredero de
sus bienes y de su crueldad.

Resignado, yo fijaba la mirada en el horizonte, donde parecía vislumbrar un barco que se
aproximaba a la costa, cargado con el tesoro de
mis escasas certezas. Un barco que no era sino
un toro conservado en el corral para la reproduc-
ción. Pues el mar estaba lejos, y jamás lo alcan-
zaría.

La virilidad de mi padre, que se disputaba
con el toro Teseu la eficacia a la hora de penetrar
a las vacas, se sobreponía a mi fragilidad. Blandía
contra su hijo cualquier arma que tuviera a mano,
recurriendo incluso al cuchillo de mesa, como si,
en vez de servir para cortar la carne, lo fuera para
apuñalarme. Aseguraba que sería capaz de des-
cuartizarme sin contemplaciones, por el placer de
poner a prueba mi valentía. Y que yo no sabría
defenderme.

Mientras mi abuelo vivió, le tenía prohibido adentrarse un palmo en sus propiedades. Y le decía:

—Para heredar mis bienes, antes habrás de matarme.

Los dos hombres se miraban aguardando la muerte del otro, de quien guiñara los ojos primero, incapaz de resistir la mirada asesina.

Yo sufría en la soledad de mi cuarto. «Dios mío —me decía—, pero ¿qué clase de familia es esta de la que provengo?». Envidiaba el vigor de aquellos machos que castigaban a sus adversarios como parte de la rutina, bajo la creencia de que, en el futuro, yo haría lo mismo.

En ausencia del abuelo, que recorría la finca a caballo, mi padre me hacía pagar lo que la vida aún no le había dado. Sentía horror de su mujer, mi madre, pero el pacto establecido entre ellos le impedía expulsarla de casa.

A veces, desde el balcón, su voz ronca se hacía escuchar desde el otro lado de la casa, donde yo me escondía, señalándome el camino por el que marcharme para nunca más volver, aun sabiendo de antemano que mi único refugio era mi cuarto.

—Huye, hijo, de mi misma miseria.

La casa parecía venirse abajo. Era la tempestad. Y como no tenía dónde resguardarme, huía como un ciego, tropezando con los árboles, y permanecía horas lejos de casa. Mi esperanza era que el abuelo, movido por la compasión, acudiera a buscarme. Entonces me hacía sentar a la mesa y pedía que me sirvieran un plato lleno. Era una orden. Actuaba en oposición a su hijo, que no osaba contradecir su autoridad.

El abuelo era mi consuelo. Tal vez reconocía que yo era víctima de alguna injusticia que él mismo había sufrido en la infancia, en la cadena de violencia de aquella familia. Sin embargo, no estaba exento de culpa, pues él había transmitido a sus descendientes una violencia que, a su parecer, era indispensable para conservar las tierras conquistadas con tanto empeño.

Un día me dijo, como si yo no estuviera allí, a su lado:

—La familia es así: nos da alegrías, pero también nos mata.

Con todo, se enorgullecía de la fatalidad de haber forjado una dinastía que llevaba su nombre, y que ahora era incapaz de destruir. Era una dinastía de muchos, incluidos los sirvientes. Aquella gente a su alrededor había proliferado como animales. Eran parte de sus bienes.

Aquel día, cuando mi padre me vio entrar con mi abuelo, no dijo nada. No le correspondía a él impedir que me llenara el estómago. Yo vivía hambriento. De comida y de afecto. Y, ya de mayor, sentado a la mesa, años después de la muerte de mi abuelo, fingía no ver a Ana, la mujer de mi padre. Una noche, la ropa que Ana vestía me permitió percibir cierta agitación en su pecho. Y no jadeaba por mí, ni por mi padre.

¿Y quién agitaba su cuerpo, incluso con el pensamiento?

Me levanté de la mesa, apresurado. No entendía el dolor de un sentimiento que me arrojaba al abismo. ¿Acaso era un crimen desear o pretender acariciar a la mujer de mi padre? ¿Cómo perdonarme, cómo reaccionar? ¿Matando a mi padre? En mi cuarto, intuí que el castigo sería perder la aventura secreta y dolorosa de amar a una mujer que me hiciera hombre con las delicias de la tierra, cuando, despojado de la cobardía, me bendijera con un gesto compasivo.

Lo cierto es que me había convertido en prisionero de una pasión que me daba motivos para no abandonar la casa. Por Ana, corría el riesgo de morir en aquel cuarto, sumido en mis lamentaciones. Como todos, nacía con cada nuevo día, ya en otoño, con las hojas que caían, ya en verano, sometido a la sequía. Con cada estación, la llama de una falsa eternidad procedente de Ana no me insuflaba aliento, ni me ayudaba a ser mejor de lo que era. Apenas si encajaba en el mundo, pues casi no sabía leer, casi no sabía vivir. El conocimiento que acumulé sobre los animales, los labradores, la tierra, era tan escaso que me confundía, no me apaciguaba. Al contrario: puesto que mi ignorancia giraba en torno a escasos elementos, limitaba mi sensibilidad. ¿Quién me amaría creyendo ingenuamente que amaba a un héroe? ¿No era así el amor?

En vez de libros, aquella familia tenía monedas en el banco. El mandato de mi abuelo era capitalizar los recursos. Perder dinero, o desperdiciarlo, era un crimen. Las cuentas aumentaban, y la cuestión era saber cuánto heredaría cada uno.

Ana, que es más culta que su marido y los demás miembros de la casa, parece mirarnos con desprecio, aguardando acaso el momento de atacar. Acepta vivir con los bárbaros que somos, a cambio de una posible herencia. Cuando coge y hojea uno de los libros que aportó a los bienes del lugar, sonríe. Y yo me pregunto qué elemento mágico tendrá un libro para proporcionarle placer. Y más a Ana, que es capaz de controlar sus emociones, sobre todo en presencia de su marido.

Cuando lo ve, suelta el volumen. Mi padre exige que le demuestre que es más importante que el ejemplar que tiene en las manos. Son rasgos de autoritarismo que la degradan, pero que tienen como objetivo degradar a su hijo. Y es que sus gestos golpean a todos.

En medio de tantos equívocos, repite que su hijo es retrasado, y no por los escasos estudios que tuvo, sino porque parece que no sabe apreciar la vida que hay, según él, entre las piernas. Y exige a Ana que sonría, que esté agradecida por poder disfrutar de su cuerpo por las noches.

Esas sentencias me fustigan. Abandono la casa durante unas horas, sin que me importe el hambre. Siempre que me alejo, soy precavido y me llevo pan y bananas. Tengo miedo de sufrir cualquier cosa. Si pudiera, me llevaría el libro cuyas páginas Ana ha leído. Necesitaría saber qué cosas son capaces de seducir el corazón de una mujer. E indago, curioso, sobre quién escribió las historias vividas por los hombres, como las criaturas de mi casa. ¿Acaso, cuando el autor escribe, conoce mis sentimientos por Ana, la pasión que no se extingue cuando me satisfago, a solas, en la cama? ¿Habrá vivido la misma desdicha que yo? ¿O está obligado a asimilar los infortunios del personaje por ser responsable de la suerte de un libro? ¿Tiene la obligación de ser feliz para poder describir una euforia súbita? Pues ¿no es el libro una mera confesión escrita, un intento de alcanzar la verdad de los sentimientos?

Cuando vivía, el abuelo me daba monedas:

—Ve a desahogarte al burdel, hijo. Si no lo haces, te vuelves loco.

La mujer me dejaba penetrarla. Jamás dije ni media palabra a ninguna de ellas. No había afecto alguno en mi cuerpo.

No estoy autorizado a pronunciar el nombre de Ana, ni siquiera para mí. Un nombre que parece venido del cielo. Así pasan los días, y nada hago. Mi padre tiene razón al decir que soy un parásito, inmerso siempre en el remolino de un corazón que sale por la boca. Entonces sufro una especie de asfixia. Siento como si muriera. Y todo por culpa de mi suerte, de la violencia con que siempre me trataron.

Esta mañana he agujereado la cáscara de un huevo y me he vengado chupándole las entrañas, como si me bebiera la leche de los senos de Ana, que he visto en sueños. De las ubres de la vaca del establo de mi padre. Pero cuando los senos se me aparecen en sueños surge la vida. La leche de la mujer es perturbadora. Es el elixir que los dioses enviaron para enloquecer a los hombres. No obstante, la visión del pecado se extingue enseguida. Me avergüenzo de mi gran osadía. Me parece oír al demonio susurrándome que el fracaso es la sonrisa del payaso. ¿Qué significa?

Solo me salvaré si huyo y no regreso jamás al hogar que me dieron. De la forma en que vivo, soy esclavo de mi padre, que me humilla arrojando monedas sobre la mesa, como si me correspondiera por mi trabajo. De nada sirve ahorrar esa paga, ya que es insuficiente. Solo Ana es la fortuna, la suerte, el misterio de la tierra. Si no estuviera ella, me inventaría a otra que me prometiera felicidad. Sin embargo, Ana es incapaz de un gesto que me redima. Sospecho que es adversaria de los humanos, de quienes rezan, de quienes tocan la guitarra en el sueño.

Sospecho que mi madre, siendo incapaz de soñar, decretó desde la cuna que su hijo sí lo hiciera. Que fuera un vagabundo obligado a adaptarse a los reinos imposibles y diera continuidad a un posible ancestro que acaso también había osado sumirse en los sueños.

Creo que mi redención sería matar a mi padre. Cumplir el ritual parricida de las cavernas. Hay que suceder al padre y ocupar su lugar en el lecho. La ley es severa, pero también justa. Pues si él tarda en morir, alguien le debe llamar la atención. Buscar una justificación. ¿Con qué derecho vive la plenitud de su cuerpo, bramando en la cama con Ana, mientras yo vivo de las sobras como un castrado? Él fue quien aplastó mis testículos para que perdiera el derecho a la herencia.

Pese a ser más viejo, mi padre me supera, es mejor que yo. Hace de Ana su mujer, y ella ni me mira. Se concentra en su esposo, que le paga la comida y el techo. Pero ¿de dónde vino? Dicen que es de origen espurio, que vino de un burdel, de las orillas de un río poblado de chozas miserables. Mi padre nunca lo ha revelado. Se llevará el secreto a la sepultura. Ella, a su vez, calla. Roba de las vecinas ricas los gestos que no aprendió en la pobreza. Sabe poner la mesa, dar órdenes en la cocina, gritar cuando hace falta. Ay de quien la desobedezca. Ha evolucionado como si ahora tuviera educación. Prueba de ello son los libros que exhibe, que ella misma trajo.

Se ha enterado de que en el testamento paterno consta que la casa y las tierras son suyas, como si mi padre me hubiera desheredado. A mí me deja poca cosa, y de escaso valor. Y tan segura está Ana de su futuro que ya se responsabiliza de la cuenta bancaria, de los pagos, de los documentos, de la casa. Su gusto prevalece en todo.

Tuvo suerte de que el primogénito de mi padre, al que él amaba, muriera antes de llegar ella. Pereció en un accidente, sin dejar descendencia. Mi hermano la habría matado si ella le hubiera disputado la sucesión. Solía matar y ordenar matar sin benevolencia. Su furia se igualaba a la de mi padre, que sin duda le temía. Por otra parte, mi padre no se conformó con que yo no hubiera muerto en su lugar. Muchas veces blasfemó contra Dios por la elección equivocada. Me acusó del crimen de estar vivo. Pero ¿con qué derecho?

Odio a mi padre, y él lo sabe. También quiere matarme, pero no concibe el gesto de hundir el cuchillo en mi pecho. En compensación, como un pirata, se dedica al pillaje a diario. Roba pedazos de mí y no me los devuelve. Y lo hace por medios diversos, como convenciéndome de que no estoy a la altura de él ni de la mujer que ha traído a casa. Y si menciona a Ana, es porque ya sabe que deseo a la puta de su mujer.

Esa Ana, cuyo nombre está en la Biblia, tiene una función divisoria. Por lo que he entendido, a ella correspondió coser con aguja gruesa el manto que abriga el Antiguo y el Nuevo Testamento. Pues, al anunciar a María que estaba encinta del Salvador, ganó una importancia inusitada. Pero esta Ana, la de mi padre, heredera universal, no fue testigo de la ira que existe en el Antiguo Testamento y que dirige aún hoy nuestros instintos.

Al contrario de lo que afirma mi padre, no he estudiado, pero he leído. Frecuento la biblioteca del pueblo. Entre nosotros nunca ha habido un solo licenciado. Somos ejecutores que castigan a otros seres desde la esclavitud, y aprendimos a arrancar oro de la tierra. Yo ni para eso sirvo. No sé dar órdenes ni decretar la miseria sin piedad como mi padre, que no reparte monedas, sino que las guarda para comprar a Ana.

Me lamento igual que el profeta Jeremías, por cuya historia me interesé. Sin embargo, soy un hombre que carece de intensidad. La verga es mi enemigo. No inflama la carne de Ana. Vivo como un castrado sumergido en mi propia sangre. Qué imagen tan siniestra tengo de mi vida sin sol.

Cuántas veces habré huido, siempre mirando atrás, a la espera de que me siguieran. Pero nadie me echa en falta. Hace poco desaparecí y nadie dijo: «¿Dónde está João, que no ha venido a comer ni a cenar?». Si mi madre estuviera viva, habría tomado medidas pese a mi padre. Por eso cuando murió me escondí en el establo, entre las vacas. No busqué refugio en esa huida. Esperé a que anocheciera. Rehuí la conmiseración de los vecinos, conocedores de la enemistad entre padre e hijo. Pero regresé tres días después, sucio y hambriento. Al entrar en casa, nadie me dio la bienvenida. Solo Maria, que está con nosotros desde la infancia.

—Ya era hora, niño. Ve a darte un baño, que apestas.

Mi padre se regocijó con la muerte de mi madre, que lo perseguía por sus traiciones. No respetaba ni a las empleadas, hasta el extremo de que mi madre vigilaba a cualquier criada nueva, para luego cedérsela a cambio de ampliar su poder en casa.

Ella no le daba tregua. Tan pronto mi padre pisaba el umbral de la puerta, mi madre le exigía los favores debidos. La convivencia conyugal los hizo cómplices. La alianza perversa preveía que ella gobernara la fortuna y él, quedando exento de los deberes conyugales, mantuviera a las amantes a su alcance. Tal pacto lo dispensó de llorar en su entierro.

Un día, mi padre anunció la llegada de Ana. Se limitó a ponerla en el centro del salón, como un jarrón chino, y a darle, delante de todos, las llaves de la caja fuerte y todas las dependencias. Y que nadie pusiera en entredicho que era su mujer, pese a ser quien era. A partir de aquel momento, la casa pertenecía a la recién llegada. Un acto para el que, por lo tanto, no hacían falta aclaraciones. Y, sin mirarme una sola vez, como si no existiera, agarró a aquella mujer del brazo para llevársela con él a la habitación que mis padres habían ocupado en el pasado, y que a partir de aquel momento, de aquella presentación formal, sería de él y Ana.

Mi amor por Ana nació aquel día. El sentimiento oscilaba con las estaciones. Y solo se alteró cuando mi padre, años después, fue hallado muerto, asesinado en el lecho donde parecía dormir. Le cortaron la carótida con una navaja, que desapareció con la intención de borrar cualquier indicio.

El comisario, amigo de mi padre en el juego, se empeñó en buscar al asesino, que había entrado por la ventana aprovechando el sueño de la víctima y la ausencia de su esposa, ocupada con los quehaceres de la casa. Recorrió el mismo camino que el asesino había seguido para entrar o salir. Detectó pisadas en la hierba, junto a los rosales plantados al pie de la ventana.

El comisario buscó, incluso bajo la cama, pruebas que aceleraran la investigación. Quizá el asesino había escondido bajo el colchón la nota que aclararía el delito. La patología humana siempre le había fascinado. Y apreció que Ana le trajera café recién hecho y un pedazo de pastel de maíz. Lo habían despertado temprano, y no había comido nada. Pero también había que desconfiar de la mujer, incluirla en el papel de los sospechosos.

Y es que quizá le urgía heredar los bienes, porque ya no soportaba la asiduidad con que el viejo la montaba, cerraba los ojos en cuanto veía su miembro erecto, dispuesto a dar la primera embestida. Así pues, era sospechosa.

Yo mismo llamé al comisario y aseguré la inocencia de Ana en su presencia. Como hijo, tenía interés en castigar al asesino. Estaba convencido de que el crimen era un acto de venganza.

Por parte de algún capataz, de algún empleado despedido. Y es que mi padre había acumulado enemigos a lo largo de los años.

Ana me miró. Se negaba a deber su libertad a mi franqueza, temía que le cobrara la deuda. La observé con una mirada opaca. Ni yo sabía qué pretender de ella. En el funeral de mi padre, en ausencia de mi difunto abuelo, me vi ante el féretro. Por primera vez me concedían importancia. Tenía derecho a oponerme al testamento fraudulento de mi padre.

Ana presintió el peligro que corría. Solo sería dueña de aquello que yo le concediera de común acuerdo. Junto a la viuda, ahora yo era el padre. Pero esa es otra historia. Una historia penosa e interminable.

## Para siempre

La muerte de su padre la salvó. Ahora podía llorar por el muerto al que nadie conocía. Por el amante que había perecido en sus brazos un martes fatídico, en medio de un bosque donde desahogaban su deseo, en un instante en que él, como si le estallara el corazón, expresó su emoción con tal ímpetu que su cuerpo se desplomó, trémulo, sobre su pecho desnudo, como si estuviera a punto de dar principio al mundo de los hombres. Con su amante pegado a ella, sonrió de placer. Lo estaba alumbrando, como ya había hecho antes su madre. Pues, siendo la mujer de aquel hombre, también podía ser todo lo demás.

El encuentro fue tardío. El deseo, prohibido. Él estaba casado con la tía de ella, y vivía en la ciudad vecina. Se veían raras veces. Y, cuando se encontraban, apenas si se miraban. No había chispa entre ellos. Hasta el día de la fiesta de San Juan, cuando él le ofreció unas empanadillas delante de la caseta donde coincidieron. Y cuando ella fue a agradecerle su amabilidad —pues él insistió en pagarlas— se fijó en que tenía los mismos ojos azules de su abuelo muerto, lagrimosos, como si hubiera llorado por algún motivo oculto, que solo él conocía.

Con poco más de veinte años, ella no sabía consolar a un hombre mayor de cincuenta. Podía ser su padre. Y, como no sabía qué decirle, él le contó la historia de su familia, que nada tenía que ver con la de ella, pues no compartían sangre común. Hablaba despacio, como si lo hubieran contratado para apaciguarla, y logró llamar tanto su atención que lo siguió por el camino que los apartaba de la verbena. Más adelante, se sentaron junto al tronco de un árbol. Pese a la distancia recorrida, él aún no había terminado de contar la historia, que no parecía tener fin. Pero por haberla elegido como depositaria de sus penas y alegrías, que se enlazaban, ella agradecía a Dios que le hubiera dado aquel hombre, generoso con las palabras y los sentimientos.

Hasta que oscureció. Ella sentía fascinación por él. Sosteniendo la mano de la muchacha y acariciándole el brazo con una suavidad jamás sentida, le dio un beso en el cuello, como si en él custodiara el tesoro de una mujer jamás amada por un hombre. Y cuando ella volvió el rostro hacia el suyo, un beso selló aquello que ambos deseaban. Se dejaron caer sobre la tierra batida como quien lo hace sobre un lecho de plumas, y se amaron de un modo que ella desconocía hasta ese momento.

Y así se amaron durante los meses siguientes, siempre a escondidas. Hasta la noche en que él gritó como nunca, proclamando su gozo, y se desplomó sobre sus senos. Y entonces ella entendió que aquel grito genuino era el anuncio de su muerte. Murió dentro de ella, sobre el cuerpo de una mujer a quien todavía le faltaba mucho amor.

Frotó el pecho del hombre para extraerle aliento, suspiros, algún signo de vida, hasta comprobar que ya no estaba con ella. La había dejado, quebrantando su promesa de no abandonarla jamás. Desesperada, sin saber cómo reaccionar, se dio cuenta de que era necesario proteger la honra de él tanto como la suya. Había que abandonarlo en la hierba, donde estaban. Arregló el cuerpo, hizo desaparecer los vestigios del sexo vivido y, destrozada por abandonarlo como si no tuviera dueño, regresó a casa sin poder vivir su luto.

La pérdida del amante le incendiaba el corazón, pero la de su padre, que sucedió a continuación, le consintió asumir el dolor, le permitió llorar en la mesa contando con la comprensión de los demás, pues a sus ojos lloraba por su progenitor. Huérfana como estaba, expresaba de forma caótica su deseo de esparcir las cenizas de su padre en lo alto de un monte, cerca del lugar donde ella y su amante solían encontrarse para hacer el amor.

Al final, decidió abandonar el pueblo. Cambió la casa paterna por otra, menuda, minúscula, que su padre le había regalado. Sería su exilio, su celda. Aislada ahora del mundo, empezó a consumir su energía cuidando animales. Amaba sobre todo a las gallinas, a las que acusaban de no tener cerebro por su cabeza pequeña. Tras terminar sus tareas, como si se olvidara de su cuerpo, se calentaba las piernas alrededor de la casa. Cuando se sentía más aliviada, iba a la tienda de ultramarinos. Consumía poco. Los huevos, las frutas de los árboles que su padre había plantado, las verduras y hortalizas del huerto y la leche de las vacas la nutrían. No pedía más de lo que tenía.

Dos años después, seguía recordando al hombre, al que conservaba en su cuerpo y en su memoria. Pese a ser joven aún, envejecía gradualmente. Con todo, no había alcanzado la serenidad. El ritual de la muerte de su amante, que se había fundido con el funeral de su padre, la desorientaba. Al recordarlos, confundía a los dos hombres, las pérdidas se mezclaban.

Se negaba a visitar a la familia. Temía ver a su tía, pues la había traicionado sin que lo sospechara. Pero en la soledad de su casa no se arrepentía, no le debía explicaciones. Solo culpaba a la vida por no haberle permitido amarlo más tiempo. La vida, ese ogro que, desde que naces, te permite respirar sin prodigar prebendas, sonrisas inocentes.

No solamente la atormentaba el amor perdido, sino la falta de fe en el futuro. Ya no confiaba en que un día cualquiera pudiera brindarle algo más aparte del paisaje que veía desde el balcón, del pan, de la mantequilla que batía con energía, de los huevos que las ponederas, sus amigas, le dejaban por las mañanas como un regalo. Y, por último, el acto de colar el café, de sentir el líquido recorriéndole las venas, el aroma penetrando en su nariz.

Por extraño que fuera, al perder al hombre, la vida se le hizo más llevadera. Ya no arrastraba el fardo de la esperanza. Ya no tenía que seguir soñando con los aviones, los barcos, aquello con lo que él pensaba llevarla a conocer el mundo que yacía tras la montaña del crepúsculo, más allá del desfiladero.

Las maravillas del mundo se encontraban allí donde siempre habían estado. No era necesario cambiarlas de lugar, acercarlas a la ambición humana. No había modo de rectificar los defectos y las virtudes de esas supuestas maravillas. ¿Merecían siquiera nuestros aplausos? ¿Se correspondían con el proyecto de Dios? ¿O, fruto de la hipocresía humana, se habían vuelto maestras del arte de mentir?

Cuando querían visitarla, se excusaba alegando que estaba con gripe, pues en aquel lugar remoto, entre animales, vivía expuesta a los virus. Y solo abría la puerta a dos amigos recientes, que había conocido en la tienda de ultramarinos del pueblo. Con ellos, accedía a ver ponerse el sol por la ventana. Pero les pedía que no la visitaran sin su permiso.

Se ausentaba de casa con frecuencia. Incluso había pensado partir para siempre. Sin embargo, sola se angustiaba. El amor que aún llevaba dentro le provocaba cierto vértigo, como si viviera a mucha altura sobre el mar, en concreto en el Anapurna, el pico asiático que tanto solía entusiasmarla en las clases de geografía.

En ciertos momentos, no dudaba que aquel amor vivido, cuyo rostro ya no recordaba con la nitidez de antaño, sería el último de su vida. No podía imaginar que un desconocido pudiera arrebatarle el corazón y causarle la misma turbación. Un hecho así sería excesivo para una única existencia.

Acarició a las gallinas que picoteaban la tierra en busca de maíz. Eran hijas, herederas. Las amaba. ¡Qué enaltecedor era amar a los animales! Lo que ahora tenía a su alcance le daba motivos para disipar el capital de la vida y llegar al otro lado de la tierra, que podía ser el fin. Como su padre, que se excedió sin arrepentirse de hacerlo.

La luna le traía recuerdos, pero no le devolvía el amor vivido entre los árboles, como dos seres idílicos, olvidando las criaturas reptantes que podrían haberles quitado la vida. Sin embargo, los rayos lunares le decían que ningún otro cuerpo volvería a envolverla, pues ¿quién confía en alguien que está dispuesto a entregarse en sacrificio a los dioses?

A veces caminaba por la selva. No temía a nada. A sus ojos, la humanidad había muerto. Aunque estaba triste, ahora su recompensa era ser libre para llorar, para verter todas las lágrimas

sin mirar a su alrededor. Eran suyas, y no man-
chaban su traje de algodón.

Se amparaba en la decisión de estar sola
en el mundo. Era una revelación. Estaba dispuesta a enfrentarse a cualquiera. De su fuerza
procedía una voracidad amorosa que se saciaba
con una vida deslustrada. Era de cuanto carecía.

# La sombra de Carlos

He enterrado a mi tía sin llorar. He vuelto corriendo a casa para estar solo. La ausencia de desconocidos me da fuerzas. Ahora soy el único que queda de una familia de escasos miembros y parcas monedas.

Hoy, a la hora del almuerzo, el gerente del banco me ha traído la caja, la ha dejado casi a mis pies y me ha tendido el documento que debía firmar. Se ha quedado poco rato en casa, no ha dado explicaciones. Quería desembarazarse del encargo de mi tía, a la que no parecía apreciar. A juzgar por el cuidado del embalaje, parecía que dentro hubiera piezas frágiles, porcelana, cristales.

Una vez solo, recuperado de la presencia de ese hombre, he abierto la caja. Pero, en vez de los objetos que solían estar expuestos en la vitrina, había un sobre de papel de estraza, que estaba arrugado bajo la presión de los papeles. No lo he retirado de la caja. Me he resistido a abrirlo.

He mirado el retrato de mi tía que cuelga sobre el escritorio, donde mamá lo conservó durante años. Sospecho que su función era nutrir la esperanza de que mi tía, sintiéndose elogiada con tal distinción, nos incluyera en el testamento. Al fin y al cabo, ella fue responsable en parte de algunos de los sueños vanos que inculcó a su sobrino.

El retrato se había descolorido, y mi madre ni aun así lo descolgó de donde estaba. La falta de lustre había suavizado las facciones de mi tía. Pero mantenía la mirada severa que ni la vejez llegó a borrar. Sus labios finos, irónicos, se complacían en desconcertarme. Ahora bien, su aparente desamor nunca me ofendió, y menos ahora, un día después de su muerte.

Acaricio el sobre, que ella misma lacró. Las letras de mi nombre, escritas con tinta de una pluma Parker, me advierten de los peligros que corro con su postrera generosidad. Pero ¿por qué temer revelaciones tardías, procedentes de un secreto que no decidió revelar hasta este momento? ¿Acaso su tacañería amasó una riqueza insospechada que cabía en el sobre traído por el gerente del banco? ¿O serían billetes de los hombres que la amaron fugazmente?

Siento vergüenza de examinar cada hoja y tener que afrontar, de pronto, la revelación de sus apetitos carnales. Pero si me ha legado, en vez de una historia de amor, un patrimonio de acciones, títulos, documentos, tendría que sondear su cotización en el suntuoso edificio de la Bolsa de São Paulo, en la Rua XV de Novembro, donde se custodian los sueños de gente corriente como yo.

Mi tía fue quien me habló por primera vez de la existencia de Amberes, célebre en el pasado por las transacciones financieras habidas al servicio de reyes y príncipes, hasta que posteriormente descubrí que, cuando el propio Carlos V pasaba estrecheces, recurría a sus banqueros para que le financiaran las guerras.

Desde el otro lado del Atlántico, yo, que temblaba de frío en el mes de julio y sufría las tribulaciones de un salario miserable, me solidarizaba con las aflicciones de un emperador que dependía de simples banqueros, dueños del destino del dinero. Y, cuanto más crecía la figura del emperador en el curso de la historia, más me parecía Amberes, desde la distancia, un paisaje desolado, incrustado en el siglo XVI.

Separado de Carlos V por el tiempo y la geografía, tejía fantasías que mitigaban mi sentimiento de fracaso. Tomaba notas sobre el rey en un intento de esbozar un tratado que me explicara el significado de tener el mundo entero en tu poder.

En ocasiones, entretenido con el bocadillo de mortadela que había comprado en la panadería de la esquina, me rendía a los encantos históricos de Carlos V. Sin osar, no obstante, confesar a mi tía que yo, ciudadano paulista, disfrutaba de la compañía de un emperador. Para ello, seguía de lejos las maniobras lucrativas de los banqueros, para quienes el oro brotaba, al tiempo que contribuían a incrementar las deudas del monarca.

Hablo del oro como si estuviera a punto de heredar una fortuna que mi tía escondió por temor a que la robaran. Fortuna que, al igual que le sucedió al emperador, mermaría mis deudas. Cualquier cantidad me proporcionaría cierta ilusión de poder. Al fin y al cabo, como el pobre profesor de historia que era, vivía en un apartamento de una segunda planta, en un edificio cuyos largos pasillos siempre tenían alguna bombilla fundida. Y ya no soportaba las bocinas de los automóviles ni el ruido urbano que proclamaban la triste épica de los habitantes de esta ciudad. Un ruido infernal que afirmaba que mi alma era un producto del viaducto, ese monstruo insomne.

Hace tiempo que me he rendido. Desarmado, cederé quien soy a quien me reclame. Como parte de la maldita caravana de coches y vendedores ambulantes, me atrinchero en la paz fría de mi baño alicatado. Bien es cierto que no sufro la misma desesperación que abatió a Carlos V, el César del mundo y de la fe. A él le correspondió atravesar sus reinos en una perpetua cabalgada, apremiado por la sospecha de no regresar jamás a casa, donde lo aguardaba Isabel. No tenía, como yo, este apartamento, cubil de la modestia. Y digo esto porque, cuando lo veo en el cuadro pintado por Tiziano, parecía el dueño del mundo, a pesar de la mandíbula prognata, marca de los Habsburgo. Me olvidaba de sus dificultades para masticar, aparte del hábito de engullir la comida casi entera. La ropa oscura que siempre llevaba combinaba con la mirada centrada en un foco de luz, hacia donde confluía su poder. Su majestad aseguraba que tenía una alianza con Dios. ¿Qué iban a hacer sus súbditos, sino reverenciarlo? Pues para Carlos V, que hablaba con Dios en castellano, la fe era un instrumento indispensable para el ejercicio de cualquier tiranía. Así, cada mañana, arrastraba el fardo de la creencia.

Cierta vez, mi tía hizo una alusión a mi futuro, como si me creyera incapaz de atender a las demandas de la familia, a los deberes que correspondían a un hombre. Al poco tiempo, con mi inercia perdería lo que nos quedaba.

Sin embargo, a mi madre no le importaba la escasez de dinero. Todo le parecía bien. Y, cuando la tía reclamaba, yo miraba al horizonte. Seguía las huellas de Carlos V, I de España, rival de Francisco I de Francia. Juntos eran incomparables. ¿Cómo pretendía mi tía que yo compitiera con reyes, con héroes elegidos para arrancarme de aquella vida mezquina?

Carlos V no tenía amigos ni enemigos. Creaba alianzas con todos cuando eran necesarias. Visitaba periódicamente sus reinos, unidos entre sí por el hilo invisible de su trama. El Sacro Imperio se mantenía bajo el calor de su implacable majestad.

Mi salario no cubre mis necesidades. La suerte nunca me ha sonreído, como tampoco el amor. Tras la muerte de mi madre, el alma es la única ocupación que me queda. Aun así, ¿cómo conservarla ante las quejas de mi tía? Al fin y al cabo, el alma es la precaria morada humana.

Regreso siempre al emperador, al derrotero de su vida. Su grandeza cancela mis ambiciones. No tengo la corona como prenda, a cambio del crédito que me ofrecieron los banqueros. Crédito que, aunque financiara la guerra, era más volátil que el pensamiento. Gracias al cual, no obstante, Carlos V consolidaría su imperio y la fe católica bajo la amenaza protestante y musulmana. A fin de cuentas, por derecho de linaje, contaba con el beneplácito divino, que le decía que el dinero, frente a la fe, era un bien sin moral.

Al exacerbar la imaginación, sufro de insomnio. Combato contra los molinos de viento del Caballero de la Triste Figura. Todo se vuelve materia de incertidumbres desgarradas, y no sé hacia dónde dirigirme, con mi tía como telón de fondo. Sospecho, empero, que ella me amó a su manera. Fue quien me llevó a bautizar un domingo nublado de julio. Puntual para la ceremonia, amaneció en casa con el pelo recogido en un moño. Según mi madre, nunca volvió a usar aquel vestido azul turquesa.

A ella debo el llamarme Antônio, nombre que no gustaba a mis padres. Ella puso Antônio sobre la mesa, como una carta de la baraja, y ganó. Daba órdenes a la familia sin sonreír, yendo directa al grano. Se desentendía de lo que hiciera falta, sin tener en cuenta la susceptibilidad de la familia. Y así me quedé con el nombre de

Antônio, el santo casamentero, defensor de las causas perdidas.

En la iglesia, explicó al cura que el nombre de su sobrino era un epíteto cristiano. El padre, interesado por la fragancia de violetas que emanaba de mi tía, se limitó a retenerla en la nariz, como si la reservara para cuando la fantasía lo asaltara en medio de la noche.

Mi tía siseaba ciertas palabras, dejando asomar a veces la punta de la lengua. También se tocaba la superficie de los labios con el pulgar, como extrayendo de su interior el recuerdo de quien despertaba su nostalgia.

A ella debo mi atracción por un mundo opuesto al mío. Cuando hablaba de Brasil, mi tía afirmaba que el pasado era mejor que el presente, lo cual me llevaba a abstraerme por tierras ajenas y épocas remotas. De esta manera, leyendo lo que fuera sobre el imperio de Pedro II, huía de las dificultades del día a día. No me detenía en el país actual, cuyas intrigas eran previsibles y mediocres.

Después del emperador brasileño, emprendí aventuras pobladas de caballeros, cortesanos, papas, personas de otros siglos, hasta que descubrí a aquel rey con yelmo y armadura, montado a caballo, expuesto en el museo del Prado.

En la escuela donde doy clases soy un hombre infeliz. Me asomo a la vida cuando participo de las peripecias ajenas, de la realidad desfigurada por la plétora de personajes. Consulto libros, y me entusiasman las intrigas de la corte de Carlos, sobre todo cuando su renuncia es inminente y debe dividir los reinos. Al enaltecer al emperador, me disloco de mi eje de mediocridad, adquiero una nueva dimensión.

En vida, mi madre se resentía ante cualquier insinuación que pretendiera difamar a su hermana. Consideraba mezquina cualquier acusación que se hiciera contra ella:

—Mi hermana siempre ha sido envidiada —y añadía—: Todo lo mundana que fue en su juventud, ahora, en la vejez, es casta. Merece un aplauso.

Insinuando que su hermana nunca deseó un marido, aseguraba que jamás quiso pertenecer a un único hombre. No quería tener dueño. Y, dicho esto, expulsaba de casa cualquier voz disonante y maliciosa con el recado cristiano:

—¿Quién puede proclamarse intacto, sin mácula y sin tacha, exento de pasiones tórridas?

En aquella época, yo ignoraba el significado de una existencia mundana, envuelta de flores, vino espumoso, que los hombres celebraban en busca de un soplo de vida. Porque siempre había conocido a mi tía como una mujer austera, libre de amores.

A su vez, ella se asombraba de mi gusto por la historia. Esperaba que entrara en el servicio público y deviniera director de una importante oficina del Estado, o incluso un escritor capaz de crear un libro en el que dejara constancia del sabor de la eternidad. Con el que mostrara a los lectores que el recuerdo contenido en los libros prorrogaba la existencia de los muertos. En fin, que su sobrino deviniera lo que fuera, siempre y cuando no sucumbiera a la vida corriente de su hermana, prisionera de las paredes de la casa.

En una ocasión en que mi tía cruzó las piernas, le vi los muslos, apenas protegidos por un vestido de algodón ligero. Aquella visión rolliza me perturbó. Desvié la mirada, pues temía verle el sexo y debatirme, en la imaginación, en una intimidad a la que no tenía derecho. Al fin y al cabo, nunca fui su hombre. No era más que un sobrino flaco y moreno que, aún hoy, poco sabe por qué inescrutables caminos se manifiesta el deseo de una mujer. ¿Hasta qué punto las aguas tibias de un cuerpo trémulo dan calor a una humanidad desamparada? ¿Acaso mi tía, en un afán de pureza, encerró su deseo en la jaula de su vientre en sus últimos años? ¿Se habría impuesto penitencia flagelándose con el azote o vistiendo el cilicio? ¿Habría infligido a su cuerpo el martirio de la esperanza? Pese a apartar los ojos de mi tía, de repente me hallé junto a su cama, observando cómo, solitaria en la noche, agitaba el fino cuchillo de su deseo, presto a entrar despiadadamente en acción.

No asistí a su muerte. Hacía mucho que no la visitaba. La última Navidad, le envié una nota apresurada, en la que adjunté los restos de una rosa macerada. Ella no quiso verme. Cortejó a la muerte hasta el final. Se refugió en su habitación y prohibió las visitas. La vecina recomendó que le cubriera el rostro con el velo después de cerrarle los ojos.

Yo no heredé de ella los sentimientos intensos que mi madre solía decir que tenía. Siempre he sido una persona entregada a la melancolía, con la mirada puesta en la línea del horizonte. Me sentía lejos de casa, con el corazón anclado en algún rincón de la tierra. Creía haber nacido por un descuido de mis padres, cuando la carne, en harapos, pedía que al menos engendraran un hijo.

Así, cuando mi padre tomó el tren en la Estação da Luz con la promesa de regresar, no me extrañó que, al final del último viernes del mes, no regresara. Pero cuando pasaron algunos meses sin que entrara por la puerta, se arraigó en nosotros la convicción de que las cuentas justas y la falta de amor le habían hecho renunciar. En su lugar, la luz mortecina del salón reflejaba el luto.

Siendo la única responsable del niño que había resultado de la aventura conyugal, mi madre comprendió que Dios le había ofrecido raras dotes con las que sobrevivir. Sus manos de hada bordaban cualquier cosa que le solicitaran, como réplicas de bordados para bandejas, de cuadros, de lo que fuera, y lo hacía sin quejarse. Adivinó desde muy temprano que este sería su sino, y el de su escuálido hijo. La sobriedad de la casa solamente se rompía con la visita de mí tía.

Mi tía compensaba la rigidez simétrica de aquellos años con bombones de cereza de Copenhague y libros, aparte de algunas monedas que aliviaran los gastos. Su presencia me intimidaba, me arrancaba suspiros. Era arisca con mis intentos de agradarle. Pero a veces, con ánimo de refrenar los excesos de un niño que vivía en la esfera de la desgracia, me pasaba la mano por la cara para notar los primeros pelos de la barba.

Ahora entiendo que, al ausentarse de casa durante largas semanas, pretendía vengarse de aquel sobrino que se resistía a sus encantos, y con los años he comprendido que las malas lenguas acertaban al afirmar que mi tía acudía con frecuencia al antiguo Palácio do Café, en el Pátio do Colégio, donde funcionaba antes la Bolsa, para seguir el mercado de valores.

—¿Y qué es la Bolsa, tía? —le pregunté un día, después de su larga ausencia.

Entonces se puso derecha y, con gestos masculinos que la hacían parecer un corredor de valores del Tesoro, ocupante de uno de los asientos tradicionales de la institución, a quien solo faltaba el traje de cachemir, me respondió, midiendo sus palabras con la punta de la lengua:

—Es el mercado de valores.

Hizo una pausa. No podía equivocarse.

—En vez de vender pescado fresco, ganado por arrobas, u oro extraído de un yacimiento, compran y venden documentos con nombres de empresas que, aunque uno no los conozca, equivalen a casas, joyas, viajes... Todas esas cosas que se sueñan durante años.

La visión de los bienes que describía con voluptuosidad, como si estuvieran a su alcance, la hizo suspirar. Herida por algún recuerdo, su rostro se ensombreció, en busca de un recóndito tesoro, o de un viaje del que regresara con el gesto relajado. Acababa de sufrir un colapso, que ambos notamos.

Le llevé agua. Bebimos juntos sin brindar. Veloz, acudió al espejo, y contraatacó retocándose el maquillaje. Aquel celo innecesario me entristeció. Si realmente poseía acciones de valor y se relacionaba con caballeros de la Bolsa, ¿por qué preocuparse de las arrugas, de las canas de plata que la luz del salón acentuaba?

Los ojos verdes de mi madre secundaban a mi tía, cuyo rostro acababa de dar paso, por efecto de un súbito milagro, a una alegría despreocupada. Y aunque mi tía se había recompuesto, mi madre seguía deseando que tuviera suerte, que la vida le ofreciera una cornucopia rebosante de pepitas de oro, pues, ¿quién sabe?, vencida la adversidad cotidiana, quizá ella también acabaría encontrando monedas en el cajón de su armario, y podría vivir adoptando los excesos de su hermana, imitando sus hazañas.

Siempre estarían unidas y beberían juntas el vino de la misma copa, intercambiarían confidencias y cortarían con las podaderas la valla de alambre de espinos que hasta entonces había aislado a una de la otra. ¿Era posible que los clavos de la envidia, o incluso de la indiferencia, se hubieran oxidado con los años y solo les quedara lamentarse? Comoquiera que fuera, mi madre siempre obedeció las fórmulas convencionales de convivencia, y jamás dejó de invitarla a una taza de café, que a veces le servía en la mesa de la cocina, en cuyas paredes desconchadas escribía epígrafes que no quería olvidar.

Mi madre exponía sus reliquias en la vitrina del salón. Bajo custodia de la fe católica, quitaba el polvo a los objetos para que no perecieran; entre ellos destacaba el retrato de su hermana de la época en que empezó a envejecer. Acaso por gratitud, mi tía traía libros de historia para leer los días de fiesta. Eso sí, a modo de censura, antes leía alguno de ellos. En ciertas páginas había subrayado a lápiz frases que delataban un corazón impetuoso.

Yo intenté seguir el rumbo de su pensamiento por medio de los garabatos sobre el papel. Con la tensión de la lectura, mi tía confiaba en el poder de las palabras, esperando transmitírselo a su sobrino. En cuanto a mí, me ofendía que quisiera controlar mi imaginación, impidiéndome agrupar sobre la página impresa a gitanos dispersos por la estepa, personajes que iba fermentando. A fin de cuentas, yo dependía de una mínima inteligencia para rellenar las palabras con mi innato instinto de supervivencia.

Eso sí, yo agradecía sus regalos. Los libros eran criaturas que echaba de menos en casa. Me llamaban la atención, sobre todo aquellos en los que Carlos V era el personaje principal. Aquel emperador que, pese a sentirse extenuado y tener los dedos ateridos por el frío, pese a ver consumidos los recursos procedentes de América en las guerras, en las costosas administraciones, recorría Europa incansablemente. Entre lamentos, hacía lo posible por conservar su imperio, que amenazaba con fragmentarse bajo los nuevos dictámenes libertarios, las naciones incipientes y el cisma religioso. Para ello, ordenaba a sus mensajeros cruzar Europa al galope, reventando las patas de los corceles árabes, instigando a animales y embajadores a llegar a los centros financieros para apelar a la Bolsa de Flandes con inusitada insistencia. Entonces, banqueros como los Welser o los Fugger le concedían nuevos créditos, que se sumaban a las deudas previamente contraídas. La misma vorágine de papeles que tanto gustaba a mi tía.

Cierto domingo, prolongó la visita sin mostrar prisa. Se distraía enfriando el café con soplos infantiles.

—La suerte suele favorecer a los infieles y a los cínicos —dijo, manifestando su incredulidad por la vida y su sobrino.

Ante el inminente ataque, reculé, concentrándome en la visión de las hordas musulmanas avanzando por el Danubio, al mando de

Solimán el Magnífico, enemigo de Carlos V, con sus consignas, banderines y sables fulgurantes al sol, prestos a combatir contra los infieles cristianos que se habían propuesto exterminar a su Dios.

Mi tía notó la mirada espantada, el instante de sombra que turbó el corazón de su sobrino. Cruzó los brazos y los hundió en la chaqueta de lana. Y, con pasos certeros, cruzó varias veces el apartamento en el que aún hoy vivo.

—Siempre he apostado por las emociones. Los documentos que tengo en el cajón forman parte de ellas.

¿Se refería acaso a un amor que, pese a tener su origen en el árbol del bien, le había acabado gustando, pero le dejó en herencia cartas prohibidas, nombres enigmáticos, cánticos salmódicos? Temía que la tía se molestara conmigo y atribuyera al sobrino inexperto un origen turbio, causado por la debilidad de un padre que, en vez de trabajar, exaltaba todo aquello fuera de su alcance, como el París de la *belle époque* que jamás había conocido.

—¿A qué papeles te refieres, tía Bela? ¿No criarán moho dentro del cajón cerrado?

Yo era el único que la llamaba tía Bela, siempre procurando no trivializar el código que existía entre nosotros.

—Si no eres cauto, un día conocerás un futuro depauperado y sin techo, y estarás a merced de la caridad ajena.

Ahora bien, se abstenía de describir las características de un realismo sórdido. Se reservaba el derecho a agotar las ilusiones que había inventado para sí misma.

Asaltado por extraños presentimientos, cerré la puerta con llave cuando se despidió. No quería que su olor, el eco de sus palabras, que predicaban el fracaso, y las ilusiones se propagaran, impregnaran los objetos de mi madre. Así como mi tía parecía temer la existencia marcada por la incertidumbre, yo también desconocía el significado de un futuro prometedor, ese porvenir que ella a veces sugería, en medio de la neblina de São Paulo, de la lluvia, que inundaba las alcantarillas de la ciudad.

Tengo el sobre delante de mí. No tiene piernas. No puede huir como mi tía, que escapó con la muerte. Me resulta difícil abrirlo. Por otro lado, examino los objetos que me entregó meses antes, esparcidos, como atónitos, sobre la mesa. Ninguno de ellos forma parte de mi genealogía espiritual. Tendría que haberlos destruido antes de morir. Para que la forma que tenían en su compañía no se disuelva ahora que están conmigo.

Me cuesta romper el lacre del sobre, subterfugio que mi tía ideó para que me dilatara en tocar el fondo del pozo que me ha legado. Tal vez mañana entierre las cartas de amor, en caso de que haya alguna. Son escombros sin importancia. Pero si no son notas ni cartas, por la tarde tendré que buscar a algún corredor que vele por mis bienes. Yo tengo la línea de la fortuna en la palma de la mano derecha. A mi lado, el fantasma de Carlos V se solidariza con mi expectativa. En cuanto rasgue el sobre, sabré qué herencia concibió mi tía para su sobrino. El Midas de la aventura me infunde esperanza. Juro ir a la Bolsa al menor gesto de la fortuna.

## En busca de Eugenia

Benito llegó el miércoles. Un día antes de fin de mes. Mi hijo se hace viejo y su ropa me parece sombría. Aunque no lo confiese, pertenece a la cuadrilla de González, que recorre las rías y el Miño por el lado de Tuy, cerca de la frontera portuguesa, introduciendo mercancías de contrabando. Ha estado alguna vez en la cárcel, pero la policía enseguida lo ha devuelto a las calles. Evito leer los periódicos. El propio Benito me filtra las noticias. Sabe qué cosas puedo soportar. No quiere hacer estallar el globo de mis últimos años con un alfiler oxidado. De modo que me deja entretenerme con mis fantasías.

A veces llega al pueblo sobresaltado. Se sienta en el banco de la cocina, mientras troceo la col para el caldo. Me pide la bendición a su manera. Él confía en que mi mirada distraída lo absuelva. Cuando se enfurece, sube el tono de voz.

—Nunca he deshonrado esta casa, mamá. Pero no quiero morirme de hambre. Ni cagar aire y semillas de los frutos que los ricos escupen.

Nunca se olvida de dejar sobre el frutero el dinero del mes. También evita mencionar a sus hijos y a su mujer. En la sala, el sol incide sobre la fruta y el dinero. Aunque en esta época la primera madura deprisa.

Siento alivio cuando decide marcharse. Alega que tiene mucho trabajo, que quiere comprar una casa la semana entrante. Y yo callo ante su codicia. ¿Cómo proteger a un hijo que antepone la mentira a todo? Ya de pequeño prometía llevar a casa una cornucopia rebosante de monedas.

—No quiero ser como papá.

Al decirme esto censuraba al marido que yo había elegido, humilde y tímido. Solía jactarse de esto a menudo. A mí, poco me importaba. Siempre me desentendí del trabajo de mi marido y mis hijos. Y no presentí hasta mucho después el origen espurio de su dinero. Seguramente obedecía a las urgencias de su propio destino. Siempre juró que huiría de la pobreza. Y, por otra parte, no era el único en transgredir la ley. También Ventura, nuestro vecino, llegaba a casa de madrugada, entre gritos, proclamando su amor a la riqueza.

¿Te acuerdas de cómo les quitaba el dinero, todo él ansias, a los que estaban en la taberna, y les robaba los pollos que él mismo les había vendido la víspera? Aun así, Ventura juraba que jamás había matado a nadie. Benito también tiene las manos limpias de sangre. Paciencia. No sé dónde están el bien y el mal.

Dios se me llevó a dos hijos. Las muertes se me anunciaron por medio de cartas lacónicas.

Pero incluso antes de morir ya me habían olvidado. Así que es fácil fingir que siguen vivos. La vida me ha ahorrado el sinsabor de enterrarlos, de desgranar ante el féretro un rosario de cuentas empapadas en lágrimas. También me ha mostrado las ventajas del olvido. En el amor, para seguir queriendo, hace falta acariciar el rostro del otro, cerciorarse del temblor de la carne.

¿Y tú, Eugenia, cuántos hijos has tenido? Si ya me lo has dicho, lo he olvidado. Extraño destino, el nuestro. Al parir, mugimos como las vacas, balamos como las ovejas. Tanto escándalo para que los hijos nos paguen luego con visitas apresuradas. Llegan maravillados con el mundo y, al poco tiempo, con la mirada puesta en el reloj, ya tienen prisa por marcharse. Como si el sino del hombre fuera huir del establo donde fue parido.

Los demás hijos, raras veces sellan las cartas que el cartero me deja en el patio. A veces me envían una postal, fingen un viaje. Quieren demostrar que les sobra el dinero y que pueden entregarse a esas pequeñas orgías. Mienten igual que Benito.

Los dedos se me traban cuando intento coger el bolígrafo. Envidio a aquellos señores que escriben libros, que orientan al mundo con sus palabras. Yo no sé tratar con él. Aun así, me gustaría que las palabras, de las que aquí queda constancia, surgieran de mi miedo, de mi soledad.

Cuando te escribo, Eugenia, me siento renacer. Cada palabra opera un milagro. Sé que ambas salimos del mismo útero. ¿Recuerdas aún el rostro de papá, de mamá, de los abuelos? Porque yo no; por más que me esfuerce, se esfuman ante mí. Solo guardo vagos recuerdos de sus gestos. Rala memoria, la mía. ¡Si al menos tuviera algún retrato! Por ejemplo, ¿a quién debo mis ojos azules?... ¿De qué sirve buscar en algún rostro de la familia la revelación de mi origen?

Nunca hemos vuelto a vernos. Al principio, echaba tanto de menos abrazarte, rodear con un abrazo la infancia, a los muertos, a ti. Recuperar el calor de nuestra difunta madre en tu cuerpo. Y, así, saber cuál de las dos heredó el olor materno.

No olvido nuestra despedida. El aire burlón con el que tirabas de tu marido, alejándote. Él siempre te obedeció. Con un vestido de algodón, no ocultabas el placer que se te adivinaba por ser la primera de los hijos en dejar el pueblo. Odié tu indiferencia, el modo en que te propusiste encerrarme en casa bajo mil llaves, solo para ser feliz lejos de mí. Me costaba respirar sabiendo que el tren te llevaría lejos. Tal vez no volveríamos a vernos nunca más. Entonces, inesperadamente, te sentaste en mi cama y te echaste a llorar, deslizando los dedos a lo largo del brazo, desconsolada. Y fue iniciativa tuya llevarme a la huerta. Querías enseñarme el anillo, obsequio de tu marido. Me pareció un objeto triste, allí, entre las hortalizas.

—No es del anillo de lo que quiero hablarte. Sino de una vida que no sé cómo empieza y no sé cómo terminará. Prométeme que vendrás un día a verme.

Examiné aquel anillo adquirido con tanto sacrificio. La pobreza es insolente: se pierde en falsas ilusiones. Me lo puse en el dedo. Teníamos las manos idénticas. Bien podía prestarte mi mano derecha si un día te amputaban la tuya. Nadie habría notado la diferencia. Siempre imité tus gestos.

—Sí, iré a verte, si me juras que eres feliz. Si no es así, me quedaré donde estoy. Somos ya tan pocos en este pueblo.

Durante los primeros años, mi hermana aún me escribía. Pero luego las noticias empezaron a escasear. Los que parten olvidan el camino de vuelta. Ambicionan regresar bajo el manto de la esperanza y el oro. Nos llegaron voces de que Eugenia había abandonado la casa donde había vivido durante muchos años y que andaba por Alicante, por Málaga, siempre más al sur, cerca de los moros. Su familia iba dejando atrás el sudor, ristras de sueños, huesos calcinados. Olvidando el lenguaje familiar, nuestro tocino. Renunciando a la risa y el llanto de Galicia, acaso afanados en una vida que borraba las huellas de recuerdos vencidos, que soterraba sentimientos incómodos. ¿Fue lo que pasó? Ay, Eugenia, si no somos más que roedores de avellanas, de nueces, pupilas humanas. El hambre es el norte de nuestro rumbo.

Me cuesta imaginarte pegada al mar. Mirando el horizonte en cada visita al mercado. Tentada de sumergirte en las aguas de ese mar, el Mediterráneo, mientras yo, tu hermana, prisionera aún hoy de las sierras gallegas, no tengo adónde ir. Ya no sé si quiero volver a verte. Si no pude mientras fuiste hermosa, ¿por qué tendría que castigarme ahora con la visión de tu vejez? ¡Si al menos hubiéramos hecho el esfuerzo de visitarnos! De encontrarnos a orillas del río donde solíamos bañarnos vestidas, por miedo a que nos vieran las piernas, los senos incipientes. Recuerdo tu amabilidad al regalarme las piedras redondas del río, las hojas arrastradas por la corriente. Tus historias me subyugaban. Algunas parecían haber sido traídas del fondo del mar por unas sirenas amigas. Para que me las creyera, me asegurabas que aquellas historias que me susurrabas tendrían una nueva versión en el pueblo vecino:

—Estaré allí, en persona, contando esta misma historia a una hermana que no eres tú.

Parecías una sacerdotisa celta que, según el maestro del pueblo, se entregaba a rituales consumidos por los siglos sin que nadie recurriera a ellos. Pero si los celtas desaparecieron, ¿por qué íbamos a sobrevivir nosotras? Es tan difícil saber qué ha quedado de nosotros, aun si cupiera en un cofre lo que conservamos de cada uno. ¿Serías capaz de reconocerme en alguna ciudad, de gritar el nombre de la hermana que jamás volviste a ver en casi sesenta años?

Sigo viviendo en la casa donde nacimos, que me correspondió en herencia. Desde mi cama, oigo mugir a las vacas, que calientan desde abajo las paredes de los cuartos de arriba en invierno. La aldea ha crecido, invadida por forasteros. Ignoro sus nombres, confundo sus rostros. Fingen ser ricos, agobiados por la prosperidad, exhibiendo aparatos electrónicos. Ya no ahorran, como antes, los céntimos de la pobreza. Cuando me quejo de ellos, Benito me censura. Según él, destilo amargura, mastico los alimentos sin piedad.

¿Qué podía esperar mi hijo de mí? Enterré a mi marido antes de los cuarenta años. Aquel sábado, de vuelta del cementerio, traté de olvidar el lecho vacío, las sábanas frías, los lobos hambrientos, sueltos por la sierra. Pero ya era viuda con mi marido en vida. El cuerpo siempre fue una trampa. Al principio de estar casados, me brindaba sobresaltos, placeres fugaces. Pero pronto llegó el desgaste, la vida amordazada. Como si el alma nos bastara entre nosotros. Pero el alma es violácea, triste. No comulga con el sexo. Pero ¿quién más había en el pueblo que me hiciera sonreír con la promesa de hacerme feliz en el futuro, que me enseñara que las penas dan paso a la felicidad?

Yo sola alimenté a los hijos y a los animales. No escatimé sacrificios. Me levantaba temprano aunque el frío me retuviera en la cama. El trabajo era lo primero. Había que azotar la pereza. Los hijos podían desperezarse. Yo no.

Por las noches, encendía el quinqué y el fogón de leña para preparar la comida. Con el tiempo, la vajilla se iba rompiendo, pero yo resistía a la pobreza. Nunca nos faltó pan. Sin descuidar a los cerdos, que, vecinos de las vacas, también dormían en el establo, hermosos. Eran mi orgullo. Algunos alcanzaban los trescientos kilos. Les preparaba ollas grandes de una mezcla de maíz, patata y col, y los atendía con una mirada atenta, que no se alimentaba de sueños desde hacía mucho tiempo.

Mi hermana me escribió pocas cartas. Las guardo todas como un tesoro. Cuando las recibía, derramaba lágrimas discretamente. Por pudor. Que nadie se diera cuenta de lo que sentía. Las emociones se conservan en el corazón, y allí se quedan. Es muy triste contar historias. Se corre el riesgo de que alguien quiera escribirlas y, así, aprisionarlas. Lo que te habría querido contar, solo habría cobrado aliento en tu presencia, las dos junto al fuego. Con voz pausada, te habría confirmado mis palabras. De modo que, cuando muriera, pronto me sustituirías donde me hubiera detenido. Y, a tu muerte, otra voz de nuestra misma sangre.

No sé si te he dicho que a Manuel, el primer hijo que perdí, tan diferente de mí, le encantaban las fiestas y el vino tinto. Se excedía a menudo. Perdía el control de sus emociones, parecía condenado por todo a la intensidad de lo fugaz. Una noche, irrumpió en casa buscando asilo.

—Mamá, protégeme del invierno y de mis sentimientos.

Hacía frío. Cerré las cortinas de la habitación. Lo envolví con una manta. La fiebre lo consumía. Le puse en los pies un ladrillo caliente envuelto en hojas de periódico. La vida también empieza en la planta de los pies. Ambos sabíamos que la fiebre no siempre nacía del cuerpo.

—El espíritu es libre de enfermar, Manuel.

Él sonrió. Aquella madre siempre pretendió ordenar el mundo de una manera inventada a partir de sus frustraciones personales. Se consideraba taciturna, propensa a la infelicidad, a avivar sus propias heridas, para que dolieran. Y así era. Yo contradecía en todo a aquel hijo que concedía honores a la vida. Para ello, untaba con miel sus amores fortuitos. Les atribuía una grandeza que no tenían.

—Soy una criatura de Dios, mamá. Sin esa procedencia, el amor humano no resiste. Solo Dios puede concederme la locura del amor terrenal.

Su oscura pasión lo impulsaba a vencer obstáculos, a saltar muros, a arrancar a las mujeres de sus camas, donde fingían dormir junto a sus maridos.

Manuel frenó aquella fiebre con la ayuda de las fiestas. El vino se le subía a la cabeza al mismo tiempo que al corazón. De modo que me acostumbré a sus desatinos. Aquel hijo, ebanista refinado, ejercitaba la paciencia haciendo casas de muñecas. Oficio que contrastaba con su cuerpo, hermosa mezcla de toro y misterio encarnada en una persona. Lo enterraron lejos de casa. Una mujer reclamó su cuerpo como un último acto de pasión.

La semana pasada, le pedí a Benito que viniera. Entró en el comedor con Sara. Me costó reconocer a mi hija, recién llegada de Caracas.

—He venido a darte una sorpresa, mamá. Te traigo regalos de mi nueva patria.

Observé a aquella desconocida que hablaba con efusión. Si era realmente mi hija Sara, ¿dónde estaba la niña a la que vi partir hacia América tan joven, y que ahora nos traía oro, incienso y mirra, como si fuéramos personajes de un pesebre sin vida?

—La sorpresa os la daré yo. Vamos al cementerio.

Y entonces saqué del armario el parasol amarillo, recuerdo de una kermés, cuando mi marido, confiando en la suerte, apostó al número 11. El premio fue el parasol, que solo podía usar una mujer delicada. Siempre lo llevaba a misa los domingos, mientras mi marido vivió.

Sara se violentó. Esperaba un recibimiento cariñoso, pero a las dos nos costaba regresar al pasado del que fuimos expulsadas. El regreso al hogar es siempre evasivo, sobre todo cuando las paredes que otrora contenían las evidencias de la vida familiar ya no están en pie.

Sentada en el asiento delantero del coche de Benito, me rendía a un paisaje tan próximo... Nada me era extraño. Todo me susurraba que mis entrañas y la vida íntima de las plantas ocupaban aquel hemisferio desde hacía siglos. Las vacas de los pastos descendían de otras que había conocido en la adolescencia. Mi grey, ya muerta, también había contemplado aquellos árboles. Allí era donde siempre habíamos estado. Cada invierno había prorrogado nuestra presencia en aquellas tierras.

Tras la curva, el puente. El corazón se me encogió. ¿Cuántas veces, en verano, en época de fiestas, habíamos cruzado el monte a pie, de camino a la casa de la familia? Y siempre con el pretexto de celebrar a santos patrones, reyes y soldados. Hartos todos de ilusiones, sardinas fritas y empanadas de bacalao.

Benito aceleró el coche para vencer la subida. Las aguas corrían tranquilas bajo el puente. Reflejaban el universo del pueblo, modesto en apariencia, pero atormentado por iras secretas. Le faltaba el horizonte al que se acostumbra quien lleva en la mirada las dimensiones de América.

De pequeñas, nos escondíamos las dos detrás de las lápidas, con las piernas llenas de heridas de los arbustos. El cementerio siempre fue nuestro refugio. Allí nadie nos buscaba. Y el premio era el intenso perfume que emanaba de la naturaleza.

Entonces sentencié, olvidándome de la presencia de Sara, que ya no participaba de las tradiciones:

—Le he ordenado a Benito que me entierren aquí.

Mientras andábamos por el cementerio, este tiró de su hermana hacia sí. Quería incluirla en el marco de mi mirada. Y añadí:

—Por suerte, sé dónde me enterraréis. No me conformaría con una sepultura prestada del vecino.

Sara se echó a llorar como si ya estuviera enterrando a su madre. Sabiendo que no podría estar en mi velatorio, anticipaba las lágrimas, guardaba detalles para cuando le anunciaran mi muerte en Caracas.

Alisé la tapa de piedra. Mi marido estaba debajo.

—¡Qué ingratos somos con los muertos! Nunca pensé en ponerle una planta que le diera sombra.

Benito abrió el parasol.

—Aquí está la sombra, mamá. ¿No querías un árbol?

Sara parecía aliviada. Como si ya se hubiera despedido de su madre.

Fingí no darme cuenta de la guerra filial.

—Los árboles en torno a la sepultura deberían llevar el nombre del padre, de la madre, del marido. Y el mío en el futuro.

No mencioné tu nombre, Eugenia. Me equivoqué al privarte de los derechos de herencia. Pero es que te perdimos hace mucho tiempo. Ni siquiera Benito dice ya tu nombre, y ahora se impacienta, con ansias de recibir las instrucciones que debe acatar a mi muerte.

Le confirmé que quiero pocas cosas. No quiero flores, pero quiero el féretro de cedro guardado en el sótano, obra de mi hijo Manuel. Y que, al llevarme al cementerio, reduzcan un poco la velocidad del coche antes de la curva, desde donde se ve el campanario, de modo que sienta, por última vez, el pecho herido ante el paisaje que siempre amé por encima de todas las cosas.

—Os recomiendo que, en el momento de la exhumación, agrupéis con cuidado todos los huesos que haya en la fosa, como si formaran parte de un mismo esqueleto. Y que luego los devolváis al lugar donde han permanecido tantos años en silencio. El último gesto de la familia será cubrirlos con mi cuerpo.

Y es que pensé, hermana, que después de la resurrección de Cristo tendríamos que prepararnos. No se puede extraviar ni un solo hueso. Pero cerré el parasol. Temía que las ráfagas de viento rompieran alguna varilla. Era un viento temido, procedente del norte, que azotaba a los barcos pesqueros, arrojándolos contra las rocas del Finisterre. El rincón donde los fantasmas desafortunados reclamaban la suerte.

Me siento cansada, Eugenia. La respiración acompasada me llena la nariz. En algunos momentos, me proporciona una sensualidad que nunca tuve. La vejez es experta en cancelar ilusiones. Ahora solo me queda apreciar la huerta del bancal. Nunca he olvidado el día que cumplí quince años. A mi lado, compartiendo la misma cama, empezaste a jadear con suavidad, y a veces te estremecías con la brisa que entraba por las rendijas de las ventanas.

Paso los largos días a solas. Cuando me falta compañía, cuelgo en el tendedero el mantel bordado que usábamos el día de la fiesta patronal, para que se vea desde la casa de Filomena. Ella adivina lo que le pido. Y acude y me ofrece una sopa de pescado, que le traen fresco de Pontevedra los viernes. Los días de fiesta, ella aguarda los mensajes de sus hijos, que viven lejos de casa. Jamás se ha quejado de su silencio ni de los regalos que no le han llegado. Ignoro si alguna vez se ha perdido en los laberintos de la pasión. Se consuela enalteciendo a mi hijo Benito.

Yo le explico los sacrificios que he hecho por él. De pequeño, su delgadez le hacía tropezar fácilmente. Lo salvé a base de empeño. Me debe favores. El mayor de todos, la propia vida.

Recuerdo cómo mi marido, aspirando el humo del cigarro con la mirada fija en el firmamento, solía echarme en cara que renunciara a comer en favor de Benito.

—Si Dios nos dio unos hijos que ni siquiera pedimos, es natural que se lleve a algunos de vuelta para aliviarnos la carga.

Y yo le respondí:

—Un hijo mío solo morirá si vive lejos de mi vista. Cuando cambie el hogar por el mundo. Este es el desafío que ganaré a Dios.

Sara describe los bibelots que tiene en su casa de Caracas. Las cortinas del comedor le dan especial trabajo por la contaminación. Habla, indiferente a que yo siga sus pensamientos. Al fin y al cabo, ¿de qué comedor, de qué tejado habla? ¿Cómo espera que legitime su vida, si no concibo un país fuera de los límites de mi pueblo?

Ella insiste. Quiere convencerme de que los sacrificios hechos han merecido la pena. El ser humano es esclavo de sus travesías. Solamente se ancla a la tierra bajo los augurios de la muerte.

—Entonces ¿por qué has vuelto después de tantos años de silencio?

Le clavé el cuchillo en el corazón. Aquella mujer de formas redondas y cabello teñido que Benito había traído, ¿era la hija de mis ubres henchidas?

Recibió la recriminación con serenidad. Quería demostrarme que pensaba en mí todas las mañanas pese a que, en la práctica, ella y su marido tuvieran que sofocar los sentimientos. Seguramente su madre ignoraba las asperezas de la vida en la ciudad. Allí, en el campo, vivía protegida, las propias vacas le llevaban la leche a la puerta, y los cerdos se rendían al hartazgo de sus obesidades.

—En todos estos años no te ha faltado nada, mamá. En cuanto a mí, para comprarme un simple vestido en América, casi he tenido que vender el alma.

Quería demostrar que cada moneda conquistada llevaba el nombre de un sueño. Pobre Sara. Suerte que Benito le hacía compañía, como si la protegiera de mí. Él también miente a su hermana. Le cuenta que tiene un negocio boyante, que incluso está pensando en retirarse, volver a pescar, como cuando era aquel niño escuálido. Y que tal vez se vaya a vivir cerca de mamá.

Lo dice sin mirarme. Confía en mi discreción. Pero así como Benito miente, Sara se deja llevar por la fantasía. ¿Es necesario que la vida tenga que ser así de monótona, Eugenia?

En la última carta, no me decías nada del viaje que te prometieron tus hijos. No sé muy bien por qué, querían llevarte a África para ver de cerca cómo viven esos pueblos oscuros y exóticos. Y también se te olvidó enviarme una foto de tu casa, para que te pueda imaginar moviéndote entre los muebles, del cuarto a la cocina. Pero me invitas a visitar esa casa y las demás, sin precisar fecha, sin indicarme dónde queda exactamente. Dices que te gustaría recibir a la hermana que aún vive en el hogar donde nacimos, las dos de la misma sangre.

Benito engaña a Sara con falsa alegría. En el fondo, sé que está rezando para que se marche pronto de España. Teme que la policía le siga la pista y su nombre vuelva a aparecer en los periódicos, acusado de prácticas delictivas. Y me dice:

—Háblale a Sara de la tía Eugenia, cuéntale que era la moza más guapa del lugar.

Observo a mis hijos. Han envejecido. Sería fácil convencerlos de la superioridad de la belleza y de que yo también fui hermosa, que le disputaba el cetro a mi hermana. Pero no puedo. Los años me han vuelto nostálgica, y cualquier evocación me duele. No hay consuelo en los días crepusculares.

—Éramos pobres. Eugenia no tenía un solo vestido elegante ni se perfumaba como las princesas. Pero sus gestos despertaban envidia y arrebatos. Si hasta tenía nombre de reina.

Les decía esto mirando el prado. En primavera, todo parecía nacer de las manos de Dios.

Sara escrutó el rostro de su hermano, feo como el suyo. Salieron al padre. Pero ambos se ilusionaban con una belleza que los hacía hermosos. Más tarde me preguntó:

—¿Y qué fue de la tía?

Fingí no haberla oído. Traje de la cocina unas rebanadas de pan con chorizo. Y una jarra de vino del tonel que había en el sótano. Raras veces distraía a las visitas con manjares. Sara tenía hambre y, con la boca llena, insistía en hacerme evocar los recuerdos que conservaba de mi hermana. Indiferente a mi suerte, mi hija había cruzado el Atlántico solo para martirizarme.

Benito se mostró solidario conmigo y casi instó a su hermana a marcharse. No convenía usurpar esperanzas. Su madre había envejecido y ya no tenía gran cosa que ofrecer. Pero Sara estaba entretenida comiéndose aquel aperitivo, y no se movió. Recibiría igualmente una parte de la herencia.

En el comedor estaba el retrato amarillento de mi esposo. Sara no le prestó atención. Solo quería saber de ti, Eugenia. Tal vez tenía previsto visitarte, recoger en la propia piel el sol moro de África, que desde Andalucía se tocaba con el brazo extendido.

Desafié a mi hija:

—Eugenia conmigo es un libro abierto. Me envía constantes muestras de cariño.

Y luego me acerqué a la puerta de salida, casi pidiendo a aquella alma crispada que nos dejara.

Benito asintió con la cabeza. Le garanticé que entre los miembros de aquella familia, sobre todo entre las dos hermanas, no había secretos. La misma llave que abría la puerta de la casa revelaba sus corazones campesinos.

Sara se molestó. Sintió que su propia madre la expulsaba de casa. Quería vengarse.

—Pero ¿es verdad que la tía Eugenia vive todavía, o se limita a mandar postales de Navidad?

Casi me caí al suelo, pero Benito me ayudó. Pensé que no iba a resistir la estocada. Sara, sin embargo, se precipitó y me trajo un vaso de vino ligeramente ácido. Al sorber las primeras gotas, temí volver a la vida. ¿Valía la pena? Había perdido motivos para reanudar mi historia. Al fin y al cabo, Eugenia, ¿cuántos años hace que te escribo sin saber dónde enviar estas largas cartas? ¿Cuántas noches hace que pienso en nosotras, de niñas, azuzando a las ovejas colina arriba, aunque me convenza de que cada carta que dejo en el cajón de la cómoda corresponde a una respuesta que realmente me escribiste, pese a que nunca haya llegado a mis manos? Cartas en las que me confiabas que tu belleza se había reproducido, milagrosamente, en tu nieta. De modo que, para recuperar la propia juventud, te bastaba con acercarla al espejo y concederle esa perfecta armonía reflejada en el cristal.

Sigo pensando en ti como si siguieras a mi lado. Estoy segura de que vives, de que mis cartas, aún hoy acomodadas al calor del cajón, llegan a tu regazo gracias al soplo invisible de mi cariño y mi afecto.

Sara aprovechó mi súbita postración:

—¿Y cuál es la dirección de la tía?

Saqué del cajón un papel arrugado y, con esfuerzo, leí:

—Está lejos de aquí, pero no es imposible llegar. Eugenia vive en la calle Alhambra 35, en el mismo centro de Granada.

Sara no anotó la dirección. Empezaba a oscurecer. Confesó que se marcharía al día siguiente a Madrid para irse a Caracas.

—Ha sido un gusto venir, mamá.

Se sentía aliviada.

Benito se dirigió al patio, apresurando la despedida. Acepté el abrazo de mi hija. Sentí el olor inocuo, vacío de recuerdos, de su cuerpo. Me prometió que volvería dentro de cuatro años. Me juré a mí misma no estar aquí para recibirla.

Benito me dio fuerzas:

—Dale recuerdos a la tía Eugenia.

Prometí a mi hijo que te escribiría por la mañana. Y eso hago ahora, Eugenia, después de tomarme la sopa de pan empapado en leche caliente. Cada palabra que te escribo se queda en el papel que voy doblando dentro del sobre, para engañarme con la certeza de que tus manos tiemblan de emoción cuando despliegas la hoja, acomodada en una mecedora, preparándote para leer. Entonces tienes que sonreír, como lo hiciste aquella tarde en que confesaste que estabas lista para dejarnos para siempre. Había llegado el momento de abandonar tu casa, tu pueblo, tus seres queridos, pues tierras extranjeras te aguardaban.

Iluminada por el brillo de aquella remota primavera recién estrenada, me dijiste:

—El sueño nunca está al alcance de la mano.

Fingí que no sufriría con tu partida. Siendo la tierra redonda, sería más fácil caminar hacia delante hasta encontrarte, dondequiera que estuvieras. Y eso hago hoy, ahora, cada día de estos largos e interminables años.

## La quimera de mamá

El viaje siempre es el mismo. Abandonar un lugar para un día llegar a otro. Y nada más haber llegado, prepararse otra vez para partir. En esta ocasión, el objetivo sería recorrer la ruta sentimental de mamá. Ella misma confesó, en un momento de descuido, que tenía el corazón repartido en diversos pedazos. Pese a vivir en Brasil, aspiraba a marcharse lejos, a instalarse en algún rincón de Europa, a poder ser en una ciudad con temperamento dramático, donde presintiera la presencia del impulso secreto hacia un amor destinado al fracaso.

Y yo respetaba ese impulso, tal vez por el timbre de falsete que tiene el amor. De niño, había visto separarse a los vecinos, al hombre marcharse, y había oído a la mujer gritar que el sinvergüenza la había dejado por una puta; mujeres para quienes la otra era siempre la Mesalina venida de Roma para destrozar a su familia. Recuerdo que, justo en aquella época, aprendí que las entrañas de la emperatriz ardían y repartió sexo entre extraños.

Ahora bien, mi madre jamás puso nombre al supuesto lugar de su quimera. Ni siquiera reconoció nunca que existiese. Era su propia Shangri-La. La había visto en alguna película de monjes tibetanos, que aseguraban que allí existía la felicidad humana. Yo no sabía de qué modo defender el recuerdo de mi madre para que nada se perdiera. ¿Cómo cumplir su voluntad en el futuro? La observaba. Era un ávido escrutador de sus gestos, capaz de desvelar sus secretos. Hasta que cierta tarde, sobre un papel de estraza, escrita en una letra menuda, como surgida de un momento de desahogo, leí con sorpresa la palabra «Oporto».

Ella me estaba sirviendo el café y el pan con mantequilla, actos cotidianos, pero no le dije nada. La traicionaba para no intimidarla. No quería abrumarla con mi hallazgo. Sospechaba que la ciudad portuguesa, azotada por el frío del norte, atravesada por el Duero, era la elegida como escenario de sus quimeras.

Aun así, mi madre era una mujer imprecisa en los registros, desde lo más corriente, como sus prendas de ropa o los tomates que faltaban, hasta cuando declaraba su amor por su hijo. Sus confidencias no obedecían a una lógica que siguiera su curso sin llamar a la puerta equivocada. Y por las noches, cuando nos reuníamos en el balcón de casa, monologaba sin entusiasmo, excusando mis intervenciones. Olvidándose de mi presencia parecía feliz. Se bastaba con ella misma. Pero a lo largo del relato, sin duda fruto de la fantasía, mezclaba épocas, personajes y libros, obedeciendo al mismo molde. Se refería al siglo XIX únicamente por su interés en la Rua da

Carioca, donde a veces acudía con la esperanza de ver a hombres con sombreros de copa y ropa de algodón grueso a pesar del calor. Y, de pronto, sin fijarse en si aún la acompañaba, retrocedía con la misma naturalidad a los tiempos de Inés de Castro, la desconsolada amante, reina después de muerta.

Llamada Manuelinha por su padre, enaltecía los ideales de los personajes abatidos por los descalabros del amor. Con palabras evasivas, su atracción por el drama se revelaba en una mirada fulgurante, o en un brazo que extendía a alguien que solo ella veía, para luego recogerlo en su regazo, donde se concentraba su ansia.

En nombre del amor, que pretendía no haber vivido jamás, en sus horas libres agotaba los libros de la estantería. Y, como ni siquiera ese esfuerzo saciaba su apetito por los desenlaces tristes, los vecinos le prestaban títulos nuevos, a cambio de la promesa de devolvérselos.

El amor literario que surgía de su fabulación la llevaba a rendir homenaje a heroínas que habían perdido la vida y la honra en nombre de una pasión que les había arrebatado el cetro del hogar. ¿Sería acaso esa suerte de desobediencia debida a la figura del esposo que había abandonado la casa sin previo aviso? ¿Un portugués con bigote tupido y aspecto desagradable que acaso regresó a su pueblo, a orillas del Miño?

Nunca le pedí explicaciones por la desaparición de mi padre. Procuraba pasar por alto su obsesión por la traición conyugal, pues ella, entre tantas otras cuestiones, aplaudía la pérdida del honor y defendía el amor incondicional siempre que surgía la oportunidad de hacerlo. ¿Era posible que aquella rendición moral a la pasión, aun siendo puramente literaria, formara parte de su opción de vida?

Nunca quise ofenderla. Aspirar a ser feliz un día era uno de sus quehaceres cotidianos, lo mismo que llevar comida a casa. Y a disfrutar algún día en persona de aquellos paisajes donde los amores germinados en su corazón habían prosperado bajo el impulso del malogro.

Mi padre, el hombre que desapareció de nuestras vidas, se llamaba António Frutuoso. Y, por lo que supe después, al principio no censuraba el entusiasmo de su mujer por las historias de amor apasionado. Al contrario, celebraba aquellas lecturas, que quizá hasta calentaban el lecho. Y seguramente se benefició en alguna ocasión de los impulsos de mi madre, cuando esta lo confundía con personajes que fluctuaban en su imaginación.

Por esto, jamás desaprobó que su mujer, ocupada con sus libros, se retrasara en los quehaceres de la casa. Le parecía muy natural que, estando ella en el mundo, eligiera a su gusto las peripecias amorosas que la sociedad rechazaba, sin sospechar, en aquel momento, que la tragedia un día rondaría su casa, imponiéndole el deber de huir. Pero ¿fue así como sucedieron las cosas entre los esposos?

Tras la súbita partida de António, Manuelinha se vistió de negro para que los vecinos se convencieran de la muerte del marido. Por medio de este artificio, ahuyentaba la sospecha de que su esposo hubiera embarcado apresuradamente en el *Serpa Pinto,* aquel barco abarrotado de portugueses, antes de desaparecer en la línea del horizonte, tragado por la bruma y las corrientes alisias. Su luto, que resaltaba en el verano carioca, acentuó sus rasgos románticos.

A partir de aquella deserción conyugal, la sonrisa de mi madre, que se desvanecía en sus labios, empezó a revelar cierta astucia. Y yo me preguntaba por qué ocultaría su devoción al pecado, si ya no tenía a quién prestar satisfacciones.

Sin embargo, siempre fue algo muy propio de ella. Dejaba traslucir los signos externos de vida, a cambio del enigma que la envolvía. Incluso cuando empezaron a aparecerle las arrugas y las canas en su espesa cabellera negra, lo aceptó con resignación. Y es que lo que le gustaba era salir de casa y regresar horas después con un queso de Minas y pan fresco, que nos comíamos con el café colado al momento.

Cuando ya fui algo mayor, para ayudar con los gastos de la casa, entré a trabajar en una fábrica establecida en la Rua do Lavradio. Mientras mi madre cultivaba amores atravesados por la flecha del sufrimiento, yo me volví un paseante compulsivo. Devoraba paisajes, galerías, rostros compungidos, cruzando las callejuelas y avenidas de Río de Janeiro.

Cierta tarde, a modo de regalo, le llevé un folleto de la Wagon Lits dedicado a la ciudad de Oporto. Era un cuaderno colorido que contenía mapas e información, un lugar real donde ubicar los amores de su imaginación. Y como decía que su hijo, movido por el cariño, le atribuía un aura de misterio, se solidarizaba con las emociones que le inspiraban tantas vidas valientes, siempre en peligro.

¿Cuántas veces habría leído *Amor de Perdição*? El libro de Camilo Castelo Branco, casi deshecho, recorría los rincones de casa aunque nunca lo leyera fuera de su dormitorio. A veces lo dejaba sobre el fogón y lo acariciaba, creándose la ilusión de que el ardor del escritor portugués encendía las llamas, calentaba la comida. Allí, Teresa y Simão, los personajes de la novela, de tanto padecer la penitencia de su amor desmedido, la seguían en permanente romería.

Un día le pregunté si ya había descubierto en el mapa de Oporto la calle del Café Guichard, donde Camilo, junto a otros escritores, se había entretenido con apasionadas tertulias. Mi madre movió la cabeza, esforzándose por imaginar en qué momento Ana Plácido, al fijarse en el joven romántico, le había dedicado una pasión que contenía el germen de la traición y la desgracia.

Estos ejercicios maternos atormentaban mi existencia. Yo también aspiraba a vivir idilios turbulentos. Entonces le llevaba de la biblioteca libros con los que desarrollar sus tendencias naturales. Algunos, ilustrados, le permitían, de pronto, entre las fotos, distinguir las figuras de Camilo y Ana Plácido en el edificio de la Cadeia da Relação*, acaso esposados. Iban cabizbajos y humillados, sin conocer el rumbo que seguirían sus vidas cuando se enfrentaran al tribunal que habría de juzgarlos.

Con todo, mi madre jamás relacionó el drama de aquellos amantes con su propia vida. Los observaba porque creía que un amor roto, sin duda de la mejor cepa, era el único capaz de incendiar la imaginación amorosa. Por otra parte, su pupila ardiente los sorprendía asimismo, bajo la sombra de la desgracia, en la bella ciudad de Gaia, a orillas del Duero, en el barrio de la Ribeira, momentos antes de subir las Escadas das Verdades, para buscar refugio en el edificio episcopal.

El corazón de mi madre se cerraba a medida que envejecía. Sin permitirme acceder a él, su coto privado, yo crecía y prosperaba con cautela en el amor. Me defendía con los puños de la insidia de cualquier afecto o ápice de carne, que no debían fustigarme.

Cierta tarde, llegó un amigo al despacho para confiarme la conservación de una botella de vino, un Porto Vintage que con los años aprendí

---

* Nombre que recibe el histórico edificio de Oporto que albergaba el tribunal de segunda instancia de la ciudad. (N. de la T.)

a valorar. Con voz solemne, me autorizó a abrir esa joya, si es que aquello iba a hacer feliz a alguien. Sus palabras me aturdieron y me faltaron fuerzas para entender el enigma de aquel regalo.

La botella de oporto, de lagar noble, se incorporó al patrimonio de la casa. Plantada sobre la vitrina del salón, a la vista de mi madre, parecía un tótem que recogía compasivamente el polvo de cada día. Y tanto apreciábamos aquel vino que, si hubiera caído al suelo y se hubiera roto, se habría convertido en la milagrosa sangre de Cristo.

Durante mucho tiempo, ambos nos resistimos a la tentación encarnada en aquel oporto. En realidad, nos faltaban pretextos para pensar que podríamos transformar la realidad en rara ilusión si nos entregábamos al mar de la esperanza. Pero el Domingo de Ramos mi madre apareció con el único vestido que le quedaba del falso luto de mi padre y se sentó en la poltrona, decidida a quedarse allí hasta el fin de los siglos, hojeando su *Amor de Perdição*. Para mi sorpresa, como si me obligara antes de su muerte a interpretar con ferocidad la epifanía de sus sentimientos, era la primera vez que leía la novela fuera de los límites de su habitación.

Amedrentado por una madre cuya ciencia de la vida se concentraba en los amores fracasados, para quien las emociones, vecinas de la alegría, acababan ahuyentando a las almas de su epicentro real, decidí enfrentarme a ella. Estaba dispuesto a dejarla durante un tiempo, a menos que me confesara, que me permitiera conocer mi procedencia, los recónditos meandros de la persona que me había dado la vida.

Bebí de la botella de un vino de más de cincuenta años. No tenía unas manos cálidas, apasionadas, que fijar en torno al gollete, justo bajo el tapón, para iniciar el procedimiento de extraerlo sin daños. Yo no había nacido para labores tan finas. Pero contaba con un deseo brutal de aliviar los sueños que descarnaban el cuerpo de mi madre sin lograr hacerla sonreír.

Le serví el vino en una copa abombada, cuyas paredes, que se estrechaban hasta el borde, permitían que el aroma penetrara en su nariz, con la expectativa de que, gracias al arte de la experiencia, cediera terreno y admitiera su derrota.

Mi madre, Manuelinha para mi padre, sorbió la esencia de los dioses antes que yo. Había llegado la hora de la verdad. ¿Cuál de nosotros se salvaría antes? Seguimos bebiendo y dejando la copa sobre la mesa de centro. Volví a llenar las copas de tallo largo. No había límites para encontrar la felicidad. Y así continuamos, sin prisa. Ninguno de los dos sabía muy bien en qué resultaría nuestro cometido. Lo cierto es que emprendíamos un periplo que habíamos iniciado hacía tiempo. Y aunque no quisiéramos admitirlo, ya habíamos elegido compañero de viaje.

## La desdicha de la lira

¿Fue un delirio de grandeza proclamar el descubrimiento de la ruta marítima a la India, haciendo de Vasco de Gama un héroe por encima de la medida humana, y describir los hechos como si hablara de mí?

Paseo por Lisboa con el corazón amargado. Todo me altera. Estoy agotado. Tengo agujeros en las suelas de las botas. Las campanas tocan. Pronto doblarán por mí, o por alguien mejor que yo.

El esclavo, llamado Felisberto, me abre camino. Tiene el gusto de anunciar que, pese a su aspecto modesto, el amo es de alto coturno. Hay historias que sabe contar a medias, aun siendo negro, traído de África. Presto a declarar con cierta arrogancia, en la soledad de las noches que a mí lo unía, que el amo venció las distancias que lo separaban de las utopías de ultramar, que otrora frecuentó el Terreiro do Paço, que conspiró con don João III y que, en un largo poema llamado *Los lusiadas,* designó a los barones lusos.

También asegura, a escondidas del maestro, que, además de la hidalguía que se aprecia en su persona, triunfó en el amor y en las batallas militares. ¿Y por qué no iba a mezclar el amor y la sangre de los muertos en los campos de batalla? En la India, por ejemplo, puse la mano sobre el oro de las palabras, como un poeta genuino, de esos que recitan en las ferias a cambio de unas monedas. Y no fue, ni yo fui, según seguía diciendo el esclavo, como tantos, un bellaco. Y al oír sus lamentos, recordé haber descrito los hechos humanos con la tinta de la posteridad.

Recorro el paisaje que tengo ante mí. Lisboa y alrededores. Procuro pasar por alto las mentiras, y hasta ciertas verdades, que Felisberto propaga sobre mi persona. Nada de cuanto diga me renovará ni me traerá la salvación. Eso sí, el sol es inclemente. El olor a orín y excrementos de las callejuelas es penetrante. Y entonces me avergüenzo de ser quien soy, parte de este pantano. Agacho la cabeza para que no me vean, para que no me tomen por quien ya no soy. No soy el único que ha bebido de las aguas del río Leteo, que te obliga a olvidar. Al mundo portugués le conviene olvidarme. Que no me otorgue el menor ápice de gloria.

Nada espero en la vejez. A veces, acorralado en el desván de mi cuarto, contiguo a la habitación donde duerme el esclavo, me asalta la esperanza de coger la pluma y declarar que nunca estuve en la India. O que, habiendo estado allí, la abandoné muy pronto, movido por la extrema pobreza. Tal vez podría proponer cambios en *Los lusiadas;* por ejemplo, dar relevancia al fragmento en que menciono el Brasil entregado a Martim Afonso de Sousa, que, aprovechando las prebendas que ofrecían los trópicos, acatando las órdenes del rey, dividió aquel territorio en capitanías y plantó cuanto necesitaba el reino. Tal esperanza me asola el alma. Pero ¿cómo exaltar Brasil, si en su momento me faltó inspiración? ¿Y si jamás he puesto un pie en aquella tierra? Destilo rabia por mis desaciertos. Aunque fuera aceptable lo que dije de Brasil, donde, según consta, apenas si se balbucea la lengua portuguesa, no sería lo mismo que hablar de Portugal. No cabe duda de que aquella tierra está desprovista de los vicios y terrores propios de la corte portuguesa. Por ser reciente, la imaginación se ajusta a un molde singular. ¿Acaso me equivoco, o con mi poema simplemente aspiro no tanto a exaltar Brasil como a vengarme de los envidiosos que jamás me perdonarán el fuego que apagaba su brillo cuando se encendía en mí? Ah, ¿con cuántos pedazos de mi carne he pagado las virtudes que refleja mi poesía?

Sin embargo, ¿qué epopeya voy a tejer a estas alturas, cuando ni la lírica, que es más condescendiente, supo recompensar mi pluma? Por otra parte, el mundo es más vasto de lo que creía. Incluso llegué a pensar que Masilia representaba en sí casi todo el continente africano. De ser así, ¿por qué no iba a pensar que Brasil, que ya ha tenido otros nombres, es una tierra que ningún aventurero sería capaz de recorrer a caballo en una sola vida?

Ya no volveré a escribir. Me falta vigor poético para transformar lo trivial en el vuelo espléndido de un pájaro extraviado. Pero si los dioses me redimieran, antes de que la poesía heroica me abandonara, usaría la forma de carta para expresar la singularidad de aquellas tierras. Es más, recuerdo que, al escribir en el Canto X la palabra «Brasil», sentí un sobresalto, como una suerte de presagio indescifrable.

La ciudad se me antoja inhóspita, sucia y desesperada. No puedo hacer nada. Soy parte de ella. ¿Dónde están las damas que otrora hacían que mi deseo encendiera la lira del cuerpo y se soltara el verbo? Ahora que voy camino del convento con Felisberto, siempre unido a mi suerte, me pregunto si Ulises fundó Lisboa, versión que se atribuye al héroe que, después de disfrutar de Calíope y Circe, regresó a Penélope, acaso exhalando el olor del Tajo y el Atlántico. El pueblo luso siempre ha tenido esa manía de concebir leyendas preñadas de milagros. Al fin y al cabo, ¿para qué traer a un héroe de lejos, cuando aquí disponemos de tantos? ¿No bastó que los fenicios fondearan sus barcos en los ancladeros donde hoy se alza la Torre de Belém?

En esta mañana gris recuerdo a don João III. Pese a ser un hombre pío, el monarca nos trajo la Inquisición, que combatía a los herejes quemándolos en una hoguera pública en el Rossio. El olor de la carne carbonizada me persiguió durante largo tiempo, y solo me desprendí de él cuando aspiré las esencias orientales.

Un país raro, el nuestro, por cuyos disparates todos responden. No me siento libre de culpa por haber instigado, como tantos otros, a don Sebastião a combatir a los musulmanes de Marruecos. ¿Debería obsequiarlo con la mortaja, que le irá como un guante en Alcazarquivir? Lo más grave será que el rey muera sin dejar herederos. ¿Cómo viviremos esa tragedia? Dicen de él que está a merced de las desgracias de la corte, y que está enredado en asuntos de hechicería. ¿Y por qué no, si nos conviene a todos depender de oráculos y profetas que prediquen en nombre de los dioses y nos guíen hacia una posibilidad de salvación?

En las plazas se murmura sobre el rey. Aunque nadie piense que algo vaya a sucederle, la tristeza lusa es desmesurada. Se consuela con la melancolía y la ausencia de quien sea y que simplemente nos hace llorar. Yo también me siento afectado por ese mismo mal, motivo por el cual camino sin rumbo, porque quiero ver, pero no quiero ser visto. Antiguamente, no obstante, cuando seducía a las muchachas por las calles escarpadas, o apoyado en el alféizar de las ventanas, apreciaba que se fijaran en mí. Solía escoger la madrugada para saltar tapias e intentar llegar a las alcobas donde subyugaba la carne de una mujer cuyo rostro ni veía. Solo entreveía y recordaba el sexo. Luego huía a toda prisa de Alfama, por miedo a ser perseguido.

El esclavo indio es fiel. Después de negociar con los comerciantes para obtener el mejor

precio, me ha traído de la Praça da Figueira na-
bizas y sebo de carnero, cuando en realidad me
apetecería comer sardinas a la brasa. Gracias a él,
recupero el vigor y puedo seguir subiendo por el
Carmo, cuya cuesta es para los jóvenes. Conten-
go la respiración, pero a mitad de la pendiente me
detengo, jadeando, fingiendo que medito sobre
el bien y el mal, sobre lo que ha quedado atrás.
¿Adónde iré a partir de aquí? En vez de devolver-
me la lujuria, los recuerdos me entristecen. Los
amores que tuve no me ayudan a vivir. Ninguno
se arrodilla junto a mi catre y me salva con unas
sopas de pan. Después de tantos años en la India, me doy cuenta de dónde proviene el color
moreno, el pelo moreno de tantas portuguesas
que pasan cerca sin cruzar conmigo una mirada
que las comprometa. Seguramente proviene de la
presencia árabe que fortaleció la sangre portuguesa, de por sí mestiza.

Ayer, en el convento de São Domingos,
buscando comida y conmiseración, un joven
fraile que me dirigió la palabra insinuó que me
admiraba, sin comprender por qué me hallaba
en tal estado de penuria. Por vergüenza no le dije
que esos malditos funcionarios, contradiciendo
órdenes de don Sebastião, que me agració con
una paga real, rehúsan entregarme los quince
mil anuales a los que tengo derecho. He intentado que me pagaran antes de morir. Al fin y al
cabo, ya hace unos siete años que publicaron *Los
lusiadas,* y mi miseria se agrava con cada día que

pasa. Tengo cincuenta y seis años, ¿cuántos más cumpliré?

Abatido en mi desván, la vida me aflige. Ya no sé por qué escribí que el amor es un fuego que arde sin ser visto, herida que duele y no se siente. Fui insensato al conceder tales delicias a ese sentimiento que devasta el alma y no me socorre en medio de tanto desaliento. A fin de cuentas, esos amores me expulsaron de Portugal. Hicieron de mí un aventurero que perdió el ojo derecho en el cerco de Mazagán, en una refriega con los moros. Ahora apenas si veo y, de no ser por el esclavo, necesitaría un cayado para caminar.

Las acciones humanas terminan por humillarnos. Incluso la gloria es maligna, nos arrastra cuesta abajo. Heme aquí, a merced de la indiferencia del rey, que no quiere verme, y sin un solo cortesano que me defienda. Y eso que en el vigor de la edad supliqué a las ninfas que, ante el Olimpo, acogieran un proyecto humano y guiaran mi fervor poético para concluir con la dignidad que merezco el último canto del poema dedicado a los lusos. Y, para proseguir con la labor de recoger las aventuras de los portugueses en otras tierras, prometí la gloria a los poderosos. Cortejé asimismo a don Sebastião, un rey fanático de la utopía y de la fe, cuya vanidad e idea de la invencibilidad le hacían creer que podría llegar a las murallas de Jerusalén y vencer a los moros. Al final, las musas me han cuidado, pero por haber confiado en el prestigio de mi poema, hoy extraño la vejez, extraño la miseria, extraño Lisboa, sobre todo desde que la corte se instaló en el Terreiro do Paço y a su alrededor se erigieron palacios y edificios, un paisaje que no he visto nacer.

Lejos de Portugal durante más de quince años, los hidalgos ostentan el poder montados en la grupa de sus caballos, o en los carruajes que atraviesan callejones y travesías. El trazado urbano desafía mi pobreza, y los ricos me desprecian. Así, pues, mantengo mi cuerpo junto al calor de los pobres. No existen diferencias alarmantes entre nosotros: hedemos por igual. Sobre todo en el barrio de Alfama, las zonas más deprimidas exhalan sudor, mientras oigo al pueblo cantar, los dedos punteando el laúd de origen árabe.

Como grato recuerdo conservo mi amor por el río Mondego. En sus aguas acaricié a Inés, la gallega torturada por los enemigos de su amado Pedro. En aquella Coímbra perversa y jovial fui feliz, colmado de placeres antes de que los días aciagos me llevaran a Lisboa y me impusieran la suerte de recorrer la ruta de Vasco de Gama. Pero ¿qué héroe es ese que nos conduce al fastuoso martirio?, ¿que nos enseña a servirnos de la crueldad y la intrépida valentía?

La calma de la noche me desconcierta. El esclavo, que duerme a mi lado, me ha traído la noticia de que los moros han cercado a los portugueses. Tal vez el rey sucumba, pero no lloraré su muerte. Estoy cansado de las tragedias que arrastran a inocentes a sus redes, de héroes que omiten los nombres de los que se sacrificaron por ellos. Harto de poetas, entre los que me incluyo, que enaltecen a los poderosos en detrimento de los pobres. Si el monarca fallece en Alcazarquivir, Felipe II acudirá enseguida a exigir los despojos. Con el duque de Alba al frente, reclamará sus derechos al trono portugués. ¿Cómo resistir al asedio español?

Cito a Plinio con frecuencia porque confío en sus aciertos. Al igual que yo, el romano incurrió en errores por sus excesos. Yo, sin embargo, merezco el perdón, pues el equívoco propicia la fantasía del poeta. ¿Y qué más da que acierte o no cuando hablo de las maravillas de Goa, de la crueldad musulmana, de los legendarios lusos? Y, en este caso, ¿quién se equivoca: yo o mi poema? No corresponde a las palabras acertar. Son meras prisioneras del pecho sometido a un sentimiento fugaz que no sabe de dónde vino ni adónde va.

Cuando Plinio localizó Hierápolis a orillas del golfo de Suez, a la que los antiguos dieron otro nombre, me doy cuenta de cuán poco sabemos de nuestro oficio. Me arrepiento de haberme jactado de mi sabiduría y de mis conocimientos de cultura griega ante muchachas y cortesanos. Como castigo, mi otoño avanza veloz, y mi verano ya ha concluido. En el pasado, dudé si llegaría al invierno de la vida en esta desolada Lisboa, sin amigos ni familiares. ¿Cómo ser poeta, si nadie me aplaude, a excepción de Saraiva, que me infunde palabras de aliento? Qué triste es ser portugués. Qué amargo es ser europeo. Qué desgracia ser un hombre.

Recorro el Terreiro do Paço. Huyo de la visión del palacio, y amordazo mi boca para no incurrir en actos de locura, mientras el pueblo regatea sin poder adquirir lo que necesita. No me olvido de los adversarios que me indispusieron contra el rey, que me expulsaron de los patios, de las alcobas de las damas, que me enviaron al norte de África y a la India, de donde regresé después. Para despistar a mi desventura, cambio de rumbo, serpenteo por la colina. Atravieso los vestigios de la antigua muralla. Abatido, pienso en las figuras lusas, efigies en mi poema.

No salgo de noche para no gastar el aceite de las antorchas. A la luz del día, allí está la Alcáçova, en el meollo de la ciudad. Al descender, ya al pie de la colina, rodeo la catedral, con el esclavo a la zaga. Junto a las paredes de piedra hay otra iglesia, donde supuestamente vivió san Antonio. Aquí y allá, los santuarios afirman la creencia portuguesa. Desde donde estoy, contemplo la bóveda del Carmo y, aunque me falten fuerzas, tomo el camino de la Baixa. El Rossio me enreda, tiene piernas de pulpo, no me deja avanzar. Bajo las arcadas, los tenderetes y sus mercancías confunden mis pasos. Pese a ello, Felisberto no me deja caer. El hormiguero humano me mortifica, pero me calienta en invierno, a falta de monedas para el brasero. En el Rossio, los pecados también se calientan a la estufa del sexo.

Bajo la vigilancia de los dominicos que husmean a algún teólogo enemigo, se miran los unos a los otros con la expectativa de fornicar.

Deambulo por la zona. Finjo balancearme dentro de un cabriolé tirado por un par de caballos. Ordeno al cochero de mi imaginación que evite el palacio de la Inquisición, fachada de lúgubre recuerdo. El inquisidor general considera que la libertad de pensamiento merece sentencia de muerte.

Este domingo, atraído por la inmensidad plateada del Tajo, desciendo al paseo. En el pasado, cuando frecuentaba las tabernas de la playa, oía de lejos los alaridos de la carne saciada. Ahora, al asomarme al agua, me mojo los pies y me imagino subiéndome a la misma nave que me llevó a la India. Entonces experimento la agonía del naufragio en la costa de Camboya, cuando estuve a punto de perder los manuscritos de mi poema, que salvé de milagro, y donde se ahogó la esclava Bárbara. Habría preferido sucumbir yo. ¿De qué vale tanto denuedo, si no reconocen mis méritos, si no me conceden prebendas? Pues aunque en la intimidad no sea poeta, ni lleve la ropa con que los demás me visten, me resiento por no recibir una remuneración por cuanto he hecho por Portugal, que me trata como si ya estuviera muerto. Víctima de los insolentes, analizo la pobreza del pueblo por la ropa tendida en las ventanas. Las sábanas lavadas, a la vista de todos.

Tengo el corazón entumecido, como las piernas. La miseria de mi hogar, que desprende olor a grasa, me expulsa a la calle, donde aspiro el olor a tabaco enrollado que viene del edificio de la aduana. Cerca de allí se encuentra la cadena de los galeotes, que me desazona. Estos pernoctan allí y, durante el día, cargan agua y leña en los barcos de guerra. Finjo no ver el Limoeiro ni el Tronco, el edificio donde el rey me encarceló en una ocasión. Cruel Lisboa, que albergas tantas cárceles. Pero me callo. Soy cronista y describo lo que veo. Ya no soy poeta. La poesía se pierde del mundo cuando se distancia de sus fuentes, y ya no sé dónde está la corriente del río que me da de beber. Para el cronista, la poesía reside en el pan, en la vida corriente, modesta, en el paisaje. No consentiré que las ninfas, irritadas con mi silencio, me obliguen a volver a cantar las grandezas de la patria.

Por las calles empedradas deambulan beatos y milagreros, que rezan cargando a hombros el santo de su devoción y que responden con refranes cuando algún incauto les dirige la palabra. En las colinas de Lisboa, todos se sienten más cerca de Dios. Y cuando reclaman el premio que solicitan con sus oraciones, les basta con extender la mano para recoger el fruto del huerto de Dios. Los portugueses se comprometen con la desesperación de sus plegarias, y derraman lágrimas cuando alcanzan alguna gracia. En cuanto a mí, ignoro el significado de la esperanza, el beneplácito de la fe. En la oscuridad del desván, miro al esclavo bajo la tenue llama de la lamparilla. Me resisto a invocar a las ninfas, que cogen de la mano a los amantes, y a dejarles a deber más de lo que me habrán concedido en el pasado. Sirviéndome de ellas, así como de ingeniosas analogías, describí la isla de los amores, revelé las profecías de Proteo, senté a Gama a la cabecera del banquete, lo agasajé con manjares y regalos, mientras en mi propia despensa no hay ni sobras de un triste ágape portugués.

¿Qué disparates urdió mi fantasía so pretexto de beneficiar a Vasco de Gama, el almirante que nos abrió las puertas del mar para surcar el Índico? Por esos desaciertos, que la poesía perdona, obsequié a Calíope con mimos y metáforas, y entoné glorias al futuro de Portugal. Gracias al oficio de poeta, contribuí a que Tetis mostrara a Gama la máquina del mundo, que, según Empédocles, está constituida por los cuatro elementos, mientras urgía a la ninfa a conseguir que Gama viera por dónde debía seguir, cuánto nos distanciábamos del universo regido por ese dios de concepción insondable. Y que, al fabricar esa máquina perfectamente acabada, indicando que ese dios estaba en cada cosa, todo existía en función de él. ¿Habrá sido así, como lo describo ahora, o acaso olvido detalles del poema, confundo a los dioses griegos con el cristiano?

Al adentrarme en el Canto X, el poeta y el marinero se aproximan al misterio cuya vorágine arrastra a los héroes y me trae de vuelta a Portugal. A las ninfas les permito entrever el fruto de la desesperanza, ansioso por saber qué figura siniestra hice regresar a esta isla de los Amores que es Lisboa, rodeada de escombros y recuerdos, y que ahora me acompaña. ¿Qué sobra en mí, entonces, de *Los lusiadas*?

Asimismo, a quien me escuche confesaré mi descrédito por mi propia lira. Dicho esto, ya no pretendo volver a entonar loas al rey ni a la corte. La penuria en la que vivo es el único poema que debo tejer. ¿Quién merece lo que queda en mí de poeta? ¿Sobre qué tierras erigir la pluma con cruel realismo y revelar los rasgos engañosos de la poesía? ¿Estaría mi agudeza a la altura de Brasil, del que tanto hablan los recién llegados de aquella colonia?

El ser humano me provoca náuseas. Aun así, regreso al convento, atraído por el plato de sopa. He sido testigo de tantas deslealtades y traiciones que confío en el esclavo, cuyo destino se iguala al mío. Y me pregunto: ¿mereció realmente la pena ensalzar a Vasco de Gama, a los Almeida —padre e hijo—, a esos Pacheco, Soares, Albuquerque, Meneses y Sequeira? ¿Merecen el sacrificio que hice por ellos? ¿Deberían esos Mascarenhas, Sampaio, Noronha perdurar en mi poema? Los ascendí a héroes. ¿Y qué sería de ellos sin *Los lusiadas*?

En mi arrebato, comparé a Heitor da Silveira con Héctor, el hijo de Príamo, abatido por

Aquiles, hijo de Tetis, valientes domadores que entraban en las batallas como rayos de fuego, para consumirlo todo sin piedad.

Reconozco, sin embargo, que Brasil no me sugiere nada. No labraré otro poema. Un proyecto semejante ya nada tiene que ver conmigo. Estoy viejo, al borde de la muerte. No soy el cisne que pronuncia el más bello de sus cantos poco antes de sucumbir. Estoy ronco, los días me enmudecen. No me sobra tiempo para mirar a las mujeres del Rossio, contener los suspiros, sorber los tragos de un vino avinagrado que me ofrecieron los frailes, y que la fantasía me dice que es un palermo, procedente de Italia. Qué lástima, despedirme sin hartura, sin gloria, solamente sin más.

# Sobre la autora

**Nélida Piñon** nació en Río de Janeiro, hija de padres españoles, y en esta ciudad se licenció en Periodismo. Es miembro de la Academia Brasileña de las Letras, siendo la primera mujer en presidirla, y de la Academia de Filosofía de Brasil. Ha sido profesora invitada en universidades como Harvard, Columbia y Georgetown. Entre sus obras destacan las novelas *Fundador* (1969, Premio Walmap), *La dulce canción de Cayetana* (Premio José Geraldo Vieira a la mejor novela de 1987), *La república de los sueños* (Alfaguara, 1999, 2005, 2013), galardonada con el Premio de la Asociación de Críticos de Arte de São Paulo y el Pen Club, y *Voces del desierto* (Alfaguara, 2005; Premio Jabuti); y los libros de ensayos y memorias *Aprendiz de Homero* (Alfaguara, 2008; Premio Casa de las Américas), *Corazón andariego* (Alfaguara, 2009) y *Libro de horas* (Alfaguara, 2013). Su obra, traducida en más de veinte países, ha recibido numerosos galardones literarios, entre los que destacan, además de los ya mencionados, el Premio Gabriela Mistral en Chile, el Premio Jorge Isaacs en Colombia, el Premio Rosalía de Castro en España, el Premio Internacional de Literatura Latinoamericana y del Caribe Juan Rulfo 1995, el Premio Internacional Menéndez Pelayo 2003, el Premio Príncipe de Asturias de las Letras 2005, el Premio Women Together 2006 y el Premio El Ojo Crítico Iberoamericano 2014. Ha sido nombrada doctora honoris causa por diferentes universidades y en 2012 Embajadora Iberoamericana de la Cultura. *La camisa del marido* es su último libro.

Este libro se terminó
de imprimir en
Barcelona (España),
en el mes de
julio de 2015